Mentions légales :

© 2022, Denis Rabiller
Édition : BoD - Books on Demand, info@bod.fr

Impression : BoD – Books on Demand, In de Tarpen 42, Norderstedt (Allemagne)

Impression à la demande
ISBN : 978-2-3224-2308-8
Dépôt légal : Décembre 2022

Mon Passé Simple

Denis RABILLER

"Se souvenir est un signe de sagesse"

Confucius

"On est de son enfance comme on est d'un pays"

Antoine de Saint Exupéry

à mes parents, Henriette et Octave, et
à mes grands parents,

à mes frères, Yves, Claude et André,

et à tous ceux qui m'ont accompagné avec
bienveillance dans ces premières années.

Avant-propos

Ecrire ses souvenirs d'enfance, c'est un peu comme se promener un jour d'hiver sur nos plages aquitaines.

On marche au bord de l'eau, on flâne, et on trouve sur l'estran découvert à marée basse un paquet de cordages tout emmêlés par la mer et à demi enfouis dans le sable, mais propres et paraissant encore en bon état.

On s'approche et par curiosité on tire sur une boucle qui soulève et dégage un peu la pelote ensablée.

Puis on se prend au jeu, et on cherche une extrémité qui permettrait peut-être de démêler cet écheveau de câbles de dimensions et de couleurs variées.

Puis de boucle en longueur, on tire, on déroule, on dédouble, on dénoue, et au bout d'un moment on dégage un premier cordage qu'on écarte et met de côté sur le sable.

Puis une deuxième boucle ! Ha ! Une nouvelle extrémité ! Jusqu'où allons nous pouvoir la tirer? Patience et un peu de persévérance, parfois un coup de couteau bien placé, et une seconde longueur est mise de côté, on verra tout à l'heure.

On a encore un peu de temps, il fait encore bon, on ne va pas s'arrêter là, il en reste encore pas mal, ce serait dommage !

Et au bout du compte on se retrouve avec quelques longueurs de cordages qui pourront être utilisées, soit pour une amarre provisoire, attacher un arbuste qui penche, délimiter un espace dans le jardin, ou tout simplement pour quelque ouvrage de matelotage comme un joli paillasson pour l'entrée ou la terrasse.

On love soigneusement chaque tronçon mis de côté, on a tout ça ! Ça va être un peu lourd, mais on emporte tout. De toutes façons, il est bientôt temps de rentrer. On n'a pas eu le temps d'aller plus loin, mais tant pis, ce sera pour la prochaine fois.

Un jour, j'ai trouvé une boucle parmi les fils de ma mémoire. J'ai tiré, j'ai dénoué, j'ai trié, et voilà !

Principales routes de

Vendée vers 1950-60

Novembre 2019

Vingt-trois novembre 2019. Après un déjeuner entre frères et belles sœurs dans un restaurant de Croix de Vie, nous venons faire notre promenade digestive sur la plage de la Normandelière, à Brétignolles sur Mer.

Le temps est gris, la marée presque basse, et mon troisième frère, André, sa moitié Andrée, Cosette et moi venons nous rendre compte des dégâts causés à la dune par les premiers travaux de défrichement engagés préalablement à la construction du port de plaisance voulu à grand bruit par le maire, Monsieur Chabot.

Ces ouvrages ont été entrepris sans attendre que soient levés les derniers recours administratifs intentés par les opposants à ce projet, qui depuis quelques années divise fortement les habitants de la commune (et de la Communauté de Communes du Pays de Saint Gilles-Croix de Vie qui doit assurer la maîtrise d'ouvrage de cet équipement).

Cette dune de bord de mer, relativement basse en comparaison des dunes du littoral aquitain, éta t couverte sur son versant terrestre, abrité des vents du large, d'une végétation de hauteur moyenne essentiellement composée de conifères de type cyprès et de tamaris, sur une lande rase de graminées, immortelles et chardons.

Aujourd'hui, de ce couvert végétal il ne reste plus rien et le sommet de la dune et ses deux versants sont pelés de toute verdure, ne laissant aux regards, sur plusieurs hectares qu'une étendue de sable nu, battue par le vent.

En arrière de cette zone dévastée, au delà de la route littorale, une ZAD (Zone à Défendre) s'est installée sur un terrain et dans des locaux privés désaffectés. Les occupants de cette ZAD ont établi un campement sommaire, avec un espace d'accueil du public et d'exposition de panneaux illustrant les arguments d'opposition à ce projet de port, qu'ils jugent inutile et dangereux (pour l'environnement et les éventuels usagers).

Tout en étant amateur de voile et féru de culture marine, je suis personnellement opposé à cet équipement. Je n'ai pas toutes les compétences techniques et maritimes pour juger de sa faisabilité, mais alors que les ports de plaisance sont pleins de bateaux-ventouses qui ne sortent jamais ou presque, un programme de ce type, à quelques miles des ports déjà existants[1], me paraît injustifié.

Ce qui me choque surtout, c'est la destruction de ce milieu naturel (de moins en moins naturel cependant depuis nos années d'enfance et d'adolescence) auquel sont attachés pour nous tant de souvenirs, dont en particulier notre rencontre et nos premiers échanges amoureux, à Cosette et moi.

Bien que résidant depuis longtemps loin de cette région

---
1 Saint Gilles-Croix de Vie, à environ six milles au Nord, Les Sables d'Olonne avec Port Olona et Port Bourgenay, respectivement à dix et quinze milles au Sud

côtière vendéenne, nous avons toujours autant de plaisir à y revenir, peut-être moins fréquemment depuis le décès de nos parents, mais régulièrement quand même, en visite à nos frères et sœurs qui y ont gardé des attaches plus permanentes.

Mes souvenirs de la plage de la Normandelière et du hameau voisin, le Marais Girard, remontent à l'enfance.

Très régulièrement, aux grandes marées, nous y venions à vélo depuis Landevieille, le village voisin où nous habitions. Parents et enfants lorsqu'il n'y avait pas école, pour une journée de pêche à pied sur les rochers où berniques, bigorneaux et crabes abondaient et venaient améliorer l'ordinaire de la famille.

A cette époque, la ferme du Marais Girard était tenue par une cousine de notre père Octave, Cécilia et son mari dénommé Samsor (je ne sais toujours pas s'il s'agissait de son réel prénom, ou d'un surnom, mais il était du genre costaud).

Comme il n'était pas question de laisser les vélos au bord de la plage, sans surveillance pendant que nous nous éloignions sur les rochers à marée basse ; nous les abritions dans une dépendance accolée à la grange de la ferme de Samson et Cécilia. Nous rejoignions alors notre lieu de ramassage des coquillages, à pied à travers les dunes alors quasiment vierges de constructions (la route côtière n'avait pas encore été aménagée, elle ne le sera qu'en 1960), en face du lieu dit « le Corps de Garde ».

Cependant, avant de nous mettre en route, il était habituel pour notre père de se rendre à la modeste épicerie en face de la ferme, tenue par la famille de son copain de jeunesse Blanconnier, pour acheter la fillette[2] de rouge nécessaire au repas de midi. Parfois, si l'état des finances le permettait, nous avions droit, nous les enfants, à une bouteille de limonade, consignée bien sûr, qu'il fallait rapporter avant de reprendre les vélos pour le retour.

A cette époque, il arrivait aussi que nous venions à cette plage entre le Marais Girard et la Normandelière à l'occasion de sorties du jeudi avec le patronage, ou avec l'école pour des sorties de fin d'année; nous faisions alors le trajet depuis Landevieille à pied, en groupe avec nos camarades, soit environ six kilomètres pour l'aller, et autant pour revenir à Landevieille.

Note : Au moment d'achever l'élaboration de ces souvenirs, le projet de port de plaisance de Brétignolles a été abandonné par une décision de la Communauté de Communes en juillet 2021.

---

2 Selon les régions viticoles la contenance d'une « fillette » varie de 30 à 37,5 centilitres

Landevieille

Au début des années cinquante, Landevieille était un village d'environ cinq cents habitants, sans particularité ou attrait remarquable, dont le bourg s'étendait principalement du nord au sud le long de la départementale N°32.

Cette route reliait Challans aux Sables d'Olonne et elle recevait la plus grande part de la circulation entre ces deux petites villes ; la route actuellement plus empruntée qui passe près de la côte par Saint Gilles et Brétignolles n'était pas encore aménagée.

En arrivant des Sables par le sud, après avoir emprunté la longue descente depuis la ferme de la Roche Henri, une petite côte mène au lieu-dit le Moulin, puis la route redescend et traverse par un petit pont le cours d'eau que nous appelions « ruisseau de Cognac »[3].

Le centre bourg se déroule alors comme une longue montée, avec à mi-côte à droite la place et l'église, vers l'ouest la route de Brétignolles, un peu plus haut vers l'est, la route de Saint Julien. La montée continue en pente douce, en sortant du bourg sur un peu plus d'un kilomètre, jusqu'au

----
3   De son nom géographique, « la Marenne »

carrefour avec la départementale N°12 qui mène sur la gauche au village voisin de la Chaize Giraud.

Bien que la côte atlantique soit proche, le paysage campagnard alentour est caractéristique d'un bocage peu fourni et émaillé d'exploitations agricoles de moyenne importance, les champs étant encore bordés à cette époque de buissons épais.

Les constructions étaient essentiellement de petites maisons basses couvertes de tuiles, avec en annexe des locaux utilitaires à usage de remises, étables ou caves. Les ateliers étaient rares : le menuisier, le forgeron, un garage , constituaient l'essentiel des activités non agricoles.

A cette époque la circulation était principalement composée de quelques camions, de rares autobus, et d'attelages de bœufs et de chevaux tirant des charrettes et des équipements agricoles pour l'activité et la desserte des exploitations locales. Les autos particulières étaient très rares, je ne crois pas que leur nombre dans la commune dépassait celui des doigts d'une main.

Quand je suis né, en 1948, mes parents, Octave et Henriette, habitaient deux pièces en rez de chaussée dans une ruelle près de la boulangerie ; on disait « chez Mincent », qui devait être le patronyme du propriétaire des lieux.

Ces deux pièces, d'un confort plus que sommaire puisque le sol en était en terre battue, donnaient au sud directement dans la ruelle, et au nord sur une courette en légère surélévation par rapport au niveau du sol intérieur. Les deux pièces ne communiquaient pas directement, et il fallait passer par la courette pour aller de l'une à l'autre.

La plus grande des pièces faisait office de pièce à vivre, de cuisine, et d'atelier de cordonnerie pour notre père. La seconde était la chambre dans laquelle nous dormions tous les six, les parents, mes trois frères et moi.

Il n'y avait bien sûr pas d'autre chauffage qu'une cheminée ouverte dans la pièce à vivre, et l'installation électrique était limitée à une ampoule au plafond dans chacune. Il n'y avait pas de prises de courant, et le branchement d'un appareil électrique - il n'y en avait pas d'autre à la maison que le poste de radio - nécessitait l'utilisation d'une « douille voleuse ». Celle-ci s'insérait entre la douille proprement dite et l'ampoule, et avait deux prises latérales permettant d'y raccorder d'autres accessoires électriques.

J'ai souvenir qu'un soir d'orage, sous une pluie diluvienne, l'eau provenant de la courette surélevée passait sous les portes, traversait la «chambre», et s'écoulait dans la ruelle, faisant flotter les descentes de lits et laissant le sol détrempé.

Ma mère, comme pour mes frères aînés, a accouché à la maison ; il n'était pas d'usage de se rendre à la maternité la plus proche, aux Sables.

Mes frères plus âgés, Yves et Claude sont nés à Brétignolles, respectivement en 1942[4] et 1944[5], et mon troisième frère André à Landevieille, au « Grand Logis » en 1945[6].

En effet, lors de son arrivée à Landevieille, la famille avait habité quelque temps au rez de chaussée d'un ensemble de bâtisses autour d'une sorte de place, au lieu dit « le Grand Logis », sur la route de Saint Julien. Le souvenir que j'ai de ce lieu, pour y avoir accompagné mes frères qui allaient y chercher le lait chez « Mémé Tazie », c'est qu'un escalier de quelques marches donnait accès à un logement de l'entresol, le local qu'avait occupé la famille Rabiller étant au rez de chaussée, de plain pied avec la cour.

Je suis le premier garçon à être né en 1948 à Landevieille, comme en atteste mon numéro de Sécurité Sociale se terminant par 001.

J'ai vu le jour (ou plutôt la nuit!) le 1er juin à 23h45 (selon le livret de famille), j'ai été baptisé le 02 juin dans l'après-midi. Mon parrain était notre grand-père Henri-Alexis Berthomé, et ma marraine notre cousine Marie-Gabrielle Boudelier, de l'Aiguillon sur Vie.

---
4 Le 19 septembre 1942
5 Le 1er août 1944
6 Le 29 novembre 1945

A cette époque, compte tenu des conditions d'accouchement et des risques sanitaires pour les nouveaux nés, le baptême était administré au plus tôt. En cas de décès l'enfant non baptisé ne pouvait aller ni au paradis des croyants, ni en enfer ou au purgatoire (car il était sensé n'avoir commis aucun péché); son âme était condamnée a errer éternellement dans les « limbes », espace indéfini où il était oublié de notre Père des Cieux.

Lorsque j'ai été en âge d'aller à l'école, nous étions douze enfants de 1948 à Landevieille, huit filles et quatre garçons.

La deuxième guerre mondiale était encore très proche, puisqu'achevée depuis trois ans à peine. Les tickets de rationnement, qui avaient été instaurés en 1940 et étaient la marque d'une économie de pénurie, ont été définitivement abrogés le 1er décembre 1949.

J'ai un vague souvenir de cartes cartonnées avec des impressions semblables à des timbres, qu'il fallait détacher et présenter aux commerçants pour obtenir du pain, du sucre, de la viande ou des pommes de terre. Probablement nos parents nous ont donné pour jouer ceux qui restaient inutilisés après leur abrogation, ce qui expliquerait que je m'en souvienne.

Parmi les anecdotes marquantes de cette période, il y a eu le jour où notre père, grimpé sur une échelle dans la dépendance qui servait de garage pour sa moto, est resté accroché à un clou de charpente par son alliance, l'échelle ayant glissé ; et c'est mon frère Yves qui l'a sorti de ce mauvais pas en coupant l'alliance !

De ce séjour « chez Mincent », nos parents avaient gardé des liens étroits avec les familles Goulpeau et Daniau qui occupaient l'ensemble des maisons séparant notre ruelle de la route de Brétignolles ; en particulier avec Abel et Delphine Goulpeau, lui « monté » à Paris travailler à la RATP, elle parisienne d'origine, et qui résidaient à Landevieille pour les congés d'été puis leur retraite.

Ces amis de nos parents ont été les premiers habitants de Landevieille à posséder la télévision en 1963, et plus tard la télévision en couleurs, et c'est chez eux qu'à l'été 1969, nous sommes allés, Cosette et moi, regarder en direct le premier pas de l'homme sur la lune.

La population de Landevieille était essentiellement agricole, répartie en hameaux d'une ou plusieurs métairies de moyenne importance ; outre les quelques artisans ou commerçants, celle du bourg était surtout constituée de petits propriétaires qui exploitaient quelques parcelles en polyculture et élevage laitier.

Nos parents

Notre père Octave était donc cordonnier, et notre mère Henriette était mère au foyer avec quatre jeunes garçons à la maison. Ni l'un, ni l'autre n'étaient originaires de Landevieille, bien que d'autres familles de même patronyme y était installées depuis très longtemps.

Octave était né en 1915[7] à Commequiers, berceau de la famille Rabiller à une vingtaine de kilomètres au Nord de Landevieille. Il était venu plus tard s'établir avec ses parents à la ferme de la Nizandière, une exploitation agricole de polyculture d'une cinquantaine d'hectares[8], sur la commune de Saint Martin de Brem, mais seulement à trois kilomètres et demi de Landevieille, sur la route des Sables.

Les grands parents paternels, puis mes oncle et tante qui ont repris par la suite l'exploitation, ont toujours fréquenté le bourg de Landevieille, plus proche, plutôt que celui de Saint Martin.

---
7 Le 7 septembre 1915
8 On appelait alors ce type d'exploitation une métairie

Troisième d'une fratrie de cinq enfants[9] notre père était donc un « gars de ferme », comme on disait. Sa scolarité avait été de seulement trois ou quatre années, (entre huit et douze ans), et il avait obtenu le Certificat d'Études Primaires de l'Instruction Publique, à Saint Gilles sur Vie, le 27 juin 1927. Tous les bras étaient alors nécessaires dans les exploitations agricoles.

Il manifestait un grand intérêt pour les chevaux et les travaux manuels non liés directement au travail de la terre, tel que la menuiserie et le charronnage[10]. Il était aussi passionné de vélo, et de TSF. Il avait contracté cette seconde passion lors de son service militaire dans les transmissions, à Montargis[11], entre 1935 et 1937.

C'est lors d'une garde de nuit, pendant son temps d'incorporation, qu'il a contracté une maladie pulmonaire, reconnue plus tard comme invalidité, qui lui a valu d'être réformé et de ne pas être mobilisé en 1939 pour le second conflit mondial. Il a toutefois été réquisitionné en 1944, comme tous les jeunes hommes du coin, pour aller planter les « asperges de Rommel [12] » sur les plages.

Henriette, née à Vairé, était la fille aînée d'un journalier et petit exploitant agricole. À ses 11 ans, avec ses parents et sa sœur Jeanne, ils se sont installés à Brétignolles, au lieu-dit La Trévillère.

Le grand-père Alexis (ou Henri, son deuxième prénom était parfois utilisé), y poursuivait son activité de journalier,

---
9 Radégonde, Simone, Octave, Eugène et Yvette
10 Travail du bois et du métal pour la construction et l'entretien des véhicules à traction animale
11 Huitième Régiment du Génie
12 Grands pieux en bois destinés à empêcher l'atterrissage d'avions, planeurs ou parachutistes

tout en exploitant ce qu'on appelait alors une borderie, de quelques ares. La grand-mère Clarisse l'aidait aux travaux de l'exploitation.

Tant la métairie des grands parents paternels que la borderie des grands parents maternels ne leur appartenaient pas, ils étaient « métayers »[13].

Henriette était très bonne élève à l'école et avait été classée deuxième du canton de Saint Gilles, avec mention Très Bien au Certificat d'Instruction Primaire des Ecoles Catholiques, le 20 Juin 1934. A partir de ses quatorze ans elle a été « placée » comme employée de maison et bonne d'enfants chez un docteur de Saint Gilles.

La débâcle de 1940 l'a surprise à Chinor, où elle était cuisinière en « Grande Maison » comme on disait, depuis ses 16 ans. Sur la sollicitation expresse de son père, elle rentrera seule par le train à Brétignolles, une véritable aventure, dont une nuit d'attente en gare de Niort, en compagnie de réfugiés des Ardennes.

Elle sera alors cuisinière au château de Beaumarchais, proche de la Trévillière à Brétignolles, puis à Landevieille, au château de Roche Guillaume.

Ils se rencontrèrent lors d'une sortie du dimanche, Octave circulant à vélo avec un copain, et se marièrent le 28 octobre 1941. Le mariage civil eut lieu à Brétignolles, et le mariage religieux à l'église de Landevieille. La noce s'est déroulée à la ferme de la Nizandière, que les mariés et leurs invités avaient rejointe à pied après la cérémonie.

Octave n'étant pas l'aîné de sa fratrie, il a du quitter la

---
13 Le métayer rémunérait le propriétaire de la terre en lui rétrocédant la moitié des récoltes et du cheptel.

ferme tenue par ses parents ainsi que voulait alors l'usage. C'est sa sœur la plus âgée, Radégonde, avec son mari Joseph Moinardeau, qui est restée sur place avec les grands-parents Rabiller. Je crois que notre père a toujours considéré comme une injustice d'avoir dû quitter la terre et la ferme où il avait passé sa jeunesse et contribué à en faire une des exploitations les plus prospères des alentours.

en 1950 sur la plage de Brétignolles

Octave et Henriette vécurent donc avec les parents Berthomé à La Trévillère, où sont nés Yves et Claude, notre père recevant de l'état une pension d'invalidité partielle suite à sa maladie pulmonaire[14].

De cette époque il est une anecdote que mon frère Claude se plaît à raconter. Dans la première quinzaine d'août 1944, des avions anglais ont bombardé Brétignolles et nos

---

14 Bizarrement, cette pension lui était accordée en tant que pensionné de la guerre 1914-1918

parents sont allés se mettre à l'abri dans les dunes, avec leurs deux petits, dont Claude, âgé d'à peine quelques jours, à l'abri dans une valise!

Après qu'ils aient déménagé à Landevieille et la naissance d'André, Octave est parti à Bordeaux pour une année suivre une formation de cordonnier au Centre de Réadaptation Professionnelle[15]. Cette formation s'inscrivait dans le cadre de la reconnaissance de son inaptitude aux travaux manuels pénibles.

Et c'est donc « chez Mincent » qu'il a commencé cette nouvelle activité professionnelle en tant qu'artisan, en complément de sa pension.

---

15 L'établissement existe encore de nos jours au même lieu, rue du Hamel à Bordeaux

Le Moulin des Grèves

Vers 1951, nos parents ont pris possession d'un terrain et d'une bâtisse de deux pièces, au lieu dit « Le Moulin des Grèves », en haut de la côte, à la sortie du bourg sur la route des Sables.

Nous nous sommes donc installés dans ces pièces à rez de chaussée, sans confort encore, sans électricité cette fois, ni eau courante bien sûr ; il fallait prendre l'eau au puits des voisins, la famille Barreteau. Mais ici, plus de sol en terre battue, mais un dallage de carreaux de terre cuite d'un entretien plus facile.

La construction était en bord de route, et disposait à l'arrière d'un terrain de quelques centaines de mètres carrés, à usage de jardin, Les « commodités » se limitaient à un édicule en bois, avec la planche à trou, un seau pour réceptacle qu'il fallait vider régulièrement au fond du jardin ; sans oublier le clou avec les feuillets découpés dans les pages du journal Ouest France[16].

---
16 D'où l'expression « torche cul » pour désigner certaines publications

Nos parents ayant concrétisé un projet de construction d'une maison neuve sur la façade du terrain côté route, au bout de quelques mois la pièce sud a été démolie, et nous nous sommes retrouvés à vivre à six dans la pièce restante d'une trentaine de mètres carrés.

Il avait fallu organiser dans cet espace notre vie de famille et l'activité de cordonnier de notre père. Au milieu, la table ; entre la cheminée et la façade coté route, un grand lit dans lequel couchaient mes trois frères (deux en long et le troisième en travers, à leurs pieds) ; côté jardin, l'espace cuisine (cuisinière à charbon) et le poste de travail de cordonnier ; en pignon sud, une alcôve constituée de grandes armoires qui dissimulaient le lit des parents que je partageais le plus souvent.

Lampe à carbure

L'éclairage était assuré par une lampe à acétylène[17,] cet éclairage donnant une lumière très blanche, bon marché, pour l'éclairage de longue durée, et une lampe à pétrole pour les éclairages plus discontinus ou moins vifs.

---

17 Aussi appelée « lampe à carbure », elle brûle du gaz acétylène produit par un écoulement d'eau sur la pierre de carbure de calcium. Ce type de lampe a été utilisé par les mineurs et les spéléologues jusqu'à il y a peu.
    Le carbure de calcium s'achetait en droguerie.
    Le chalumeau à acétylène de l'atelier des forgerons-ferronniers-plombiers de Landevieille, la famille Favreau-Ricolleau, était encore alimenté suivant ce principe lorsque j'y ai travaillé en tant que saisonnier à l'été 1965.

Au delà de conditions de vie assez spartiates et d'une promiscuité importante, j'ai de cette époque d'autres souvenirs plus ou moins agréables.

L'importante cheminée qui occupait le pignon Nord de notre pièce à vivre était surmontée d'une étagère en bois, sur laquelle trônait, au moins pendant les mois d'hiver, une bouteille de « Quintonine ». Cette boisson fabriquée à partir d'un extrait à base entre autres de quinquina et de gentiane dilué dans du vin rouge, était un fortifiant pour nous prémunir contre les problèmes de santé courants.

Lorsque la saison froide le nécessitait, nous devions en boire une cuillerée chaque soir avant le repas ; ce qui n'était pas une punition, loin de là, le goût en était plutôt agréable compte tenu de ses ingrédients.

Il arrivait qu'un membre de la famille présente malgré tout des symptômes de gros rhume ou de bronchite, ce qui n'était pas si rare compte tenu des conditions précaires de chauffage de notre logement. Le traitement était alors la pose de cataplasmes : le Sinapisme Rigollot, sachet de papier perméable garni de farine de moutarde était mouillé d'eau tiède et appliqué sur la poitrine. Il provoquait un fort échauffement de la peau, et était sensé provoquer le décongestionnement des voies respiratoires, il faut dire qu'il dégageait aussi une forte odeur de moutarde !

Pour les adultes le traitement pouvait être la pose de ventouses. Ces petits récipients semi sphériques de verre étaient chauffés avec un tampon de coton imbibé d'alcool enflammé, puis plusieurs d'entre eux étaient appliqués, leur ouverture sur la peau, sur le dos ou la poitrine. La rétraction de volume causé par le refroidissement de l'air contenu dans la ventouse provoquait une congestion locale colorée qui, disait on, extirpait les mauvaises humeurs de la zone inflammée. Cette thérapie pouvait aussi être aussi utilisée pour le traitement des rhumatismes ou tendinites, mais il n'a jamais été prouvé qu'elle ait une quelconque véritable efficacité médicale[18].

Un simple rhume se traitait par « fumigations » ou inhalations. Avec un cornet de journal tenu par une épingle de nourrice, un bol d'eau chaude et une poudre (ou quelques gouttes) de perlimpinpin, je me souviens d'avoir respiré des vapeurs plutôt désagréables, à forte odeur d'hydrogène sulfuré, mais ça dégageait les trous de nez !

Autre souvenir moins agréable pour moi, la purée de betterave chaude sucrée ! C'était une recette d'hiver de notre mère que je n'appréciais guère et qui était à chaque fois la cause de cris, de pleurs et bien souvent se terminait au lit sans achever le dîner ! Mes frères eux, avaient plutôt l'air d'aimer ça.

Du temps où nous habitions « chez Mincent » notre père avait concrétisé sa passion pour la TSF par l'achat d'un poste de radio, à lampes bien sûr, les postes à transistors n'existaient pas encore. Puisque nous n'avions pas l'électricité dans ce nouveau logement, le poste qui trônait en place d'honneur de notre espace à vivre était donc alimenté par une ou deux batteries de voiture de six volts qu'il fallait régulièrement faire recharger.

Ce qui se faisait en les portant chez le transporteur, Pierre Praud, au milieu du bourg, qui disposait d'un chargeur pour son camion et son autocar. Compte tenu du poids de ces accumulateurs, notre père avait fabriqué une petite remorque à main, avec deux roues d'un ancien landau, qui nous permettait de remplir aisément cette tâche .

---
18 Bien qu'encore utilisée en médecine chinoise et plus rarement en kinésithérapie

Pas de bande FM sur cette radio, la modulation de fréquence n'était pas diffusée alors, mais les grandes ondes, avec en particulier Paris Inter, la station préférée d'Octave, et les petites ondes avec leurs nombreuses stations. Pour l'accord des fréquences, ce poste était équipé d'un « œil magique » de couleur verte, qui nous fascinait. Ce dispositif se composait d'un tube électronique luminescent dont la variation de surface de deux zones éclairées indiquait la qualité de la réception et donnait une sorte de vie interne à l'appareil.

« Notre Dame des Grèves »

La construction de la « maison neuve » (par opposition à la « vieille chambre » où nous habitions provisoirement et qui devait toujours garder cette appellation) a commencé.

Les travaux de maçonnerie ont été confiés à une entreprise de Saint Gilles. Mais c'est le grand-père Berthomé, mon parrain, alors âgé de de soixante deux ou trois ans, qui a effectué les travaux de terrassements et de fouilles pour les fondations et la fosse étanche des cabinets.

J'ai encore en mémoire son image, en train de creuser à la pioche une tranchée dans le sol schisteux, le mètre à la main. J'étais son « petit bonhomme d'un mètre », ma taille à cette époque.

La tâche était dure pour le grand-père, le rocher était quasiment affleurant. Le site était en haut de colline et ce n'est pas pour rien que ce lieu s'appelait « le Moulin », les ruines du dit « Moulin des Grèves »[19] étaient chez le voisin Biron, à environ cibquante mètres en retrait par rapport à la route.

---
19 Signalé en 1830, ce moulin a été en activité jusqu'au début du XXème siècle

Les murs étaient principalement de maçonnerie de briques, sauf la façade côté rue, qui était en pierre. Les planchers d'étage et du comble étaient en pin, sur solives du même bois, avec des plafonds en lambris de pin en lames étroites avec de nombreux nœuds[20]. Je me souviens que plus tard, lorsque je m'ennuierai pendant la sieste à laquelle il n'était pas question de déroger, ou lorsque je garderai le lit pour une grippe ou autre maladie infantile, je passerai beaucoup de temps à compter ces nœuds et à imaginer des personnages à partir de leurs contours ou assemblages.

Les menuiseries en bois avaient été fabriquées par l'artisan local, Robert Lhommeau (qui serait plus tard maire de Landevieille), et les portes intérieures du type « à panneaux » étaient du plus bel effet .

L'ensemble était couronné d'une imposante couverture à deux pans de tuiles mécaniques de type « canal », à forte pente, inhabituelle dans les régions au sud de la Loire.

La « maison neuve » comportait un rez de chaussée, un étage, et un comble dans l'espace libéré par la charpente à deux versants. Elle était l'une des rares maisons à étage de Landevieille. Avec ses deux pignons percés chacun de deux petites fenêtres dans leur pointe, elle se voyait de loin, tant depuis la route de Brétignolles bien au delà du carrefour de la Chaise Giraud à Brem, que depuis la direction de Saint Martin, depuis le lieu-dit « les Abattis ».

Au rez de chaussée, surélevé de trois marches du niveau de la route, on entrait par une porte fenêtre dans la pièce principale, la « cuisine » et pièce à vivre.

---
20 Type de plafond traditionnel en Vendée, localement appelé « tillage ».

étage

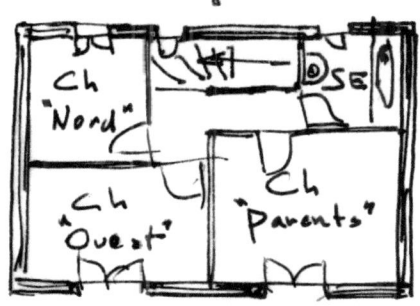

"JARDIN"

rez de chaussée

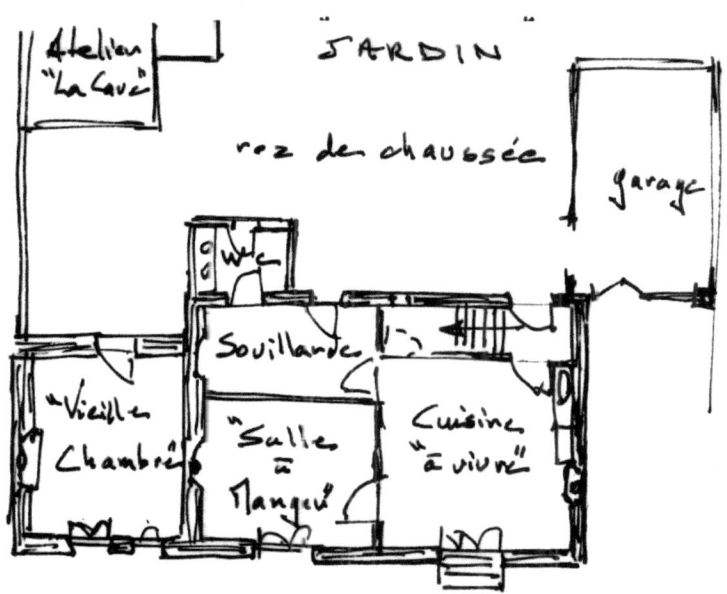

route des Sables

Maison "le Moulin"

Sur la gauche, en façade côté rue, la « salle à manger » (je ne pense pas qu'on y ait jamais mangé !), mais qui servait de pièce à coudre à notre mère, avec sa machine à pédale de marque « Singer », escamotable dans son meuble en chêne clair, suprême luxe.

Derrière cette « salle à manger » et donnant sur le jardin, la « souillarde » ou arrière-cuisine, pièce à tout faire, depuis la toilette (dans une bassine émaillée) jusqu'à l'épluchage des légumes ou le dépouillement des lapins ou volailles.

Je ne me rappelle pas si le « cabinet » qui la jouxtait, en saillie sur le jardin, a été construit d'emblée ou rajouté par la suite, mais ce lieu d'aisances accolé à la maison constituait un élément de confort plus appréciable que la baraque en planches utilisée jusqu'alors. Surmontant une fosse étanche, il était équipé en guise de siège d'une planche à deux trous permettant la conversation lorsque deux utilisateurs, exclusivement les garçons, en usaient en même temps ; ce qui n'était toutefois pas si fréquent.

Les sols du rez de chaussée étaient carrelés de grès cérame dans les tons de beige et brun. Le sol de la souillarde était en ciment bouchardé[21]. Il avait été gâché avec du sable de mer et à chaque épisode de pluie, il se recouvrait d'une pellicule d'humidité dont il était impossible de se débarrasser en hiver.

A partir de la cuisine, au fond à droite, un escalier en bois menait au premier étage composé de trois chambres et d'un « cabinet de toilette », nom bien pompeux pour un espace servant de débarras ou de « dressing » (le mot n'était pas alors utilisé). L'aménagement de ce lieu en salle de bains ne

---
21 C'est à dire à la surface marquée de motifs géométriques à base de picots pyramidaux

sera effectif que plusieurs années après l'installation de l'eau courante, à savoir au milieu des années soixante, alors que nous, les enfants, aurions quitté la maison pour être tous pensionnaires ou voler de nos propres ailes.

Le sol de l'étage était le plancher de sapin, poncé et ciré ; il n'était pas question d'y accéder sans avoir préalablement chaussé les savates à semelle de feutre ou les patins en tissu de récupération.

Enfin donc, le comble ou « grenier », d'un accès plutôt acrobatique par une échelle et une trappe, qui servira de débarras et de stockage de matériel de cordonnerie, jusqu'au départ de notre mère en maison de retraite et à la vente de la maison.

A l'origine la façade sur la rue était en pierre apparente, non appareillée, du schiste de la carrière de Brem, avec des joints en ciment gris, du plus bel effet. Par la suite, du fait que cette maçonnerie n'a jamais pu être étanche, et de son exposition plein ouest aux pluies et vents dominants, cette façade a été enduite et peinte.

Une niche entre les deux fenêtres des chambres, à l'étage, accueillait une statue de la Vierge de Lourdes protégée par une vitre, et nos parents y ont apposé en dessous l'inscription « Notre Dame des Grèves », en fer forgé.

Les murs intérieurs étaient enduits au ciment, et blanchis à la chaux. Ce chaulage sera renouvelé tous les ans, au printemps. Cette opération permettait à la fois d'assainir les murs après les reprises d'humidité de l'hiver en particulier dans les pièces non chauffées. Il avait aussi un effet insecticide en éliminant les larves d'insectes ou araignées qui s'étaient mises à l'abri des frimas pendant les mois les plus froids.

Pour ce faire on achetait de la chaux éteinte chez le maçon, Olivier Lucas, chaux qui était conservée à l'état pâteux dans une cruche en terre (le porte parapluies de Tresses!). Pour l'utiliser, il suffisait de la diluer avec la juste proportion d'eau, et de l'étaler sur les murs avec une grosse brosse ronde équipée d'un long manche pour pouvoir atteindre le haut des murs.

En principe, en une seule belle journée, il était possible de rénover le chaulage de tous les murs de la maison ; il faut dire qu'il n'y avait pas débauche de mobilier ou de bibelots à protéger, et que les décorations murales étaient inexistantes. Il suffisait de décrocher les crucifix présents dans chaque pièce, le calendrier des Postes dans la cuisine, et le diplôme du CAP de cordonnier d'Octave, qui trônait, dûment encadré, au dessus de la porte de la salle à manger.

L'installation électrique[22] constituait le seul véritable élément de confort. L'eau courante n'était pas encore distribuée à Landevieille[23], il a fallu creuser un puits dans la roche au milieu du jardin, et atteindre la profondeur de dix sept mètres pour assurer l'alimentation de la maison. Une pompe à bras, disposée en plein air sur la dalle de béton recouvrant le puits permettait de remplir seaux ou arrosoirs pour les besoins de la famille ou du jardin. Le corps de pompe était en fonte, et en hiver, il fallait la vidanger ou la protéger par de la paille et une caisse en bois, pour éviter que le gel ne la fasse éclater et la rende inutilisable

Si un certain nombre de maisons du bourg possédaient un puits, ce n'était pas le cas pour tout le monde. Trois pompes publiques étaient donc à disposition, dont celle qui se

---
22 L'électricité était arrivée au bourg de Landevieille en 1932.
23 Il faudra attendre 1960 pour que l'eau courante soit installée dans le bourg de Landevieille.

situait à l'embranchement du chemin du cimetière et de la départementale, et qui nous permettait de nous désaltérer sur le chemin de l'école.

Pour le chauffage, chacune des pièces du rez de chaussée était équipée d'une cheminée ouverte, avec piédroits et linteaux de briques rouges appareillées pour la cuisine et la salle à manger.

Le foyer de ces cheminées était de faible profondeur, car pour raisons d'encombrement elles étaient encastrées dans l'épaisseur des murs, de même que les conduits de fumée. De ce fait, elles ne fonctionnaient pas très bien, et avaient tendance à refouler sous certaines directions des vents. Inutile de dire que les chambres de l'étage, dépourvues de chauffage étaient glaciales pendant l'hiver.

Pour la cuisine notre mère utilisait un réchaud à gaz sur bouteille et la cuisinière à charbon, qui réchauffait la pièce à vivre .

Pas d'eau courante, donc pas de robinets! Et pas de douche, encore moins de baignoire! L'eau sur l'évier, c'était par un broc en tôle émaillée, qu'on remplissait à la pompe du puits. Pour l'eau chaude on la faisait chauffer sur le réchaud à gaz ou, en hiver, elle était partiellement assurée par la cuisinière à charbon équipée d'un réservoir de quelques litres avec un robinet en cuivre en façade.

Pas de raccordement à un réseau public d'évacuation des eaux usées[24]; pour les WC, il y avait la fosse étanche enterrée, vidangée régulièrement, et les eaux de cuisine et de lessive étaient rejetées au fossé en bord de route.

---

24 L'assainissement collectif ne sera mis en service à Landevieille qu'en 1981.

Cela étant, la « maison neuve » n'avait rien à envier aux autres habitations de la commune, dont peu d'entre elles étaient aussi bien équipées en ce début des années cinquante ; sans parler des conditions encore plus prècaires de confort et d'hygiène de l'habitat en métairies.

Parallèlement à la construction, notre père avait aménagé derrière la maison quelques dépendances plus ou moins sommaires, nécessaires pour la vie à la campagne: le poulailler et les clapiers, les abris pour le charbon et le bois de chauffage.

Plus tard viendra son atelier (qui était appelé « la cave », car il abritait aussi une ou deux barriques de vin, au fond à gauche). La charpente était constituée de poteaux électriques, récupérés lors du remplacement par EDF des poteaux en bois des lignes aériennes par des poteaux en béton. Puis encore l'écurie pour abriter le cheval du grand-père Rabiller pendant la messe du dimanche, nous y reviendrons.

« Notre Dame des Grèves » était une « belle maison », susceptible de provoquer quelques jalousies, et nous y avons passé des années d'enfance qui nous ont laissé des souvenirs très présents.

Et que dire de la vue magnifique depuis les fenêtres de l'étage, plein ouest, vue qui portait presque jusqu'à la mer (en Vendée, on ne dit pas « l'Océan »), distante de moins de cinq kilomètres et dont nous pouvions entendre le grondement pendant les grandes marées et tempêtes d'hiver. Le vent de Galerne[25] que nous entendions tourner autour de la maison m'a bien souvent tenu éveillé à l'heure du coucher.

Sa situation en bordure de la départementale nous

---
25 Vent de nord-ouest soufflant en tempête.

permettait en outre de profiter aux premières loges, du spectacle des courses cyclistes relativement fréquentes à l'époque et du passage estival des grands cirques.

Ceux-ci faisaient tous les étés la tournée des plages de l'Ouest avec en particulier des spectacles à Saint Gilles puis aux Sables. Le pont routier de la Gâchère, sur la route littorale, étant trop faible pour supporter le passage des gros camions, le trajet entre ces deux villes passait donc par Landevieille. Si nous n'allions jamais assister à leurs spectacles, nous avions droit à l'imposant défilé des camions et remorques transportant leur matériel et les animaux de leur ménagerie, qui voyageaient souvent en cages ouvertes. C'est ainsi que les cirques Pinder, Amar et Bouglione nous ont offert la découverte « en vrai » des lions, tigres, éléphants et girafes qui passaient devant nos fenêtres, à petite vitesse.

Il n'était pas rare que les camions tracteurs, souvent anciens rescapés américains de la seconde guerre mondiale, attelés parfois de trois ou quatre remorques ou roulottes, peinent pour arriver en haut de la côte. Cela nous laissait tout le temps d'assister au défilé qui le plus souvent commençait tôt le matin et pouvait largement durer une demi-journée.

J'ai le souvenir d'un attelage particulier dans ces convois, constitué d'un énorme (pour nous, enfants) rouleau-compresseur jaune (je me demande encore pourquoi un tel engin?), avec un impressionnant volant ou poulie tournant sur le côté du capot moteur. Il traînait d'une allure majestueuse une roulotte habitable si joliment décorée qu'elle nous donnait l'envie de partir en voyage avec la troupe.

Avec notre emménagement dans la « maison neuve », la « vieille chambre », d'habitation provisoire, est devenue une dépendance bien utile pour le rangement des vélos et le stockage des récoltes fragiles et conserves entre autres.

Dans les années soixante dix, nos parents la feront aménager en véritable petit logement indépendant, qu'ils loueront pendant quelques étés aux « estivants », comme ils disaient.

Tous les jours - à la maison

J'allais sur mes cinq ans, mes frères en avaient onze, neuf et huit (notre mère disait « quinze mois d'erreur » entre Claude et André) et en dehors de l'école, il nous fallait participer activement à la vie et l'économie de la famille.

A nous quatre, notre fratrie formait un groupe soudé, toujours ensemble et ne fréquentant que peu les autres garçons de la commune en dehors de l'école. Comme il n'y avait pas de sœur à la maison, nous avions aussi très peu de contacts avec l'« autre moitié de l'humanité », les filles, à part nos plus proches cousines.

Dans le « temps libre » donc, peu de jeux, il n'y avait pas de jouets autres que ceux que notre père nous fabriquait, ou que plus tard nous allions fabriquer nous mêmes, nous étions à bonne école pour cela.

Au lever le matin, toilette de chat devant une bassine ou l'évier, puis petit déjeuner de lait chocolaté et tartines grillées dites « rôties[26] ».

----
[26] Appellation typiquement vendéenne pour les tartines de pain grillées.

Le lait venait des vaches d'un voisin, nous allions le chercher tout chaud le soir à la traite dans le bidon d'aluminium.

Les larges tartines (de ce qu'on appelait le « pain de quatre », livres sous entendu) étaient mises à griller, l'hiver, directement devant les braises de la cheminée, posées sur les pincettes disposées à plat, et maintenues verticales par une fourchette. Il est arrivé bien souvent que la fourchette se décroche, que la rôtie finisse dans les braises, carbonisée. Si les confitures étaient « maison », le beurre venait de la ferme de la Nizandière.

En hiver toujours, et il y a eu des hivers très froids à cette époque[27], nous portions pour aller à l'école des chaussures en cuir à semelles de bois, que notre mère faisait chauffer avant que nous les mettions en y déposant pendant quelques minutes des cendres chaudes retirées de la cheminée.

Ce type de chaussures avait été très utilisé pendant la guerre, car le cuir était réquisitionné et le bois des semelles était un très bon isolant du sol gelé. Lorsqu'elles étaient usées, le cordonnier paternel récupérait les tiges, en cuir, et les reclouait sur une nouvelle paire de semelles et on avait des chaussures « neuves ».

Notre père avait dû faire tout un stock de ces semelles, ou alors leur usage est vite tombé en désuétude, car lorsqu'il a fallu vider le « grenier » pour la vente de la maison en 2002, plusieurs dizaines de paires de ces semelles y étaient encore soigneusement entreposées.

Ces chaussures restaient toutefois un luxe par rapport aux sabots de bois qui étaient encore très couramment utilisés, et pas seulement par les paysans. Une photo de la classe des

---
27 Hivers 1952/53, puis 1956/57

garçons de Landevieille[28], de 1953, montre que sur les quatorze élèves de l'Abbé Bourasseau, au moins cinq du premier rang sont en sabots, dont notre frère aîné, Yves.

classe de l'Abbé Bourasseau (1952), Yves au 1er rang à gauche devant l'Abbé

Pour la maison, au quotidien, chacun de nous avait sa paire de sabots, à sa taille bien sûr, et une paire de petits sabots neufs était pour nous un cadeau « royal ». Si nous ne les garnissions plus de foin, comme à la campagne, la paire de savates de feutre que nous glissions à l'intérieur en améliorait bien le confort. Nous avons utilisé encore longtemps ces sabots, en particulier pour le travail du jardin.

Pour rester sur ce chapitre, les filles (et les dames) portaient à l'époque des sabots plus fins, à semelle de bois bien sûr, mais avec un dessus plus ou moins travaillé en cuir, chaussures traditionnelles de notre Vendée maritime. Ils sont

---

28 Opuscule « Landevieille son Histoire »

un élément constitutif du costume folklorique de la Sablaise, au même titre que la jupe courte, le chemisier blanc et la coiffe élancée de dentelle.

Autres chaussures à semelles de bois : les galoches, qui avaient une tige basse en cuir rigide et qui étaient l'intermédiaire entre les sabots de bois et les chaussures « du dimanche », en cuir. Notre père les a portées très longtemps ; bien cirées il les mettait pour sortir. Ces galoches seront aussi utilisées à l'époque comme chaussures de sécurité dans certains ateliers, de mécanique entre autres. Elles faisaient partie de l'équipement obligatoire des élèves du Lycée Technique de Niort pour les séances d'atelier, quand mon frère André y est entré, en 1958.

En été, nous portions des sandales de cuir, fabriquées elles aussi par notre cordonnier de père.

En temps scolaire, nous rentrions de l'école pour déjeuner à midi. Les places à table étaient attribuées de manière immuable. A droite, le dos à la cheminée, notre père ; le dos à la cuisinière, notre mère, et entre les deux le petit dernier, c'était moi. On avait pris soin de me faire poser mes lunettes - j'en ai porté depuis mes trois ans pour cause de strabisme ! - car les gifles pouvaient voler bas, je crois que je faisais pas mal de bêtises !

En face, sur le banc de bois (l'un de ceux qui sont actuellement à Maubuisson, fabrication Octave) Yves, surnommé Vivi, Claude au milieu, puis André surnommé Dédé, face à notre mère. C'est notre père qui tranchait le pain avec son couteau qui ne le quittait jamais, non sans avoir, à l'entame d'une nouvelle miche, tracé un signe de croix sur la croûte rebondie ; et attention à ne pas reposer la miche « à l'envers » sur la table, le diable aurait été parmi nous !

Nous n'avons pas été des enfants battus, loin de là, mais avec leurs quatre garçons, nos parents ont employé une méthode éducative plutôt sévère dont les châtiments corporels n'étaient pas exclus.

Les repas ayant lieu à l'heure des informations à la sacro-sainte « TSF », on ne devait pas parler à table, et pour faire respecter cette consigne, notre père avait sous sa chaise un scion d'osier. Malheur à celui qui osait braver la règle, il avait droit à un rappel à l'ordre cinglant sur les jambes sous la table ! Plus tard, le scion a été remplacé par un petit fouet à lanière de cuir, ce qui n'était finalement pas très différent du « martinet [29] », utilisé à l'époque dans de nombreuses familles pour « corriger » les enfants turbulents.

Il pouvait aussi arriver en cas de désobéissance que le coupable reçoive une gifle ou un coup de pied « au cul ». Il valait mieux éviter ce dernier, car avec les sabots du père Octave, ça pouvait faire un peu mal !

La punition ultime, à laquelle j'ai eu droit il me semble un peu plus souvent qu'à mon tour, c'était « au lit sans manger », ce qui arrivait plutôt au dîner et pour celui qui faisait le nez sur le plat ou qui ne voulait pas finir son assiette.

Nous aidions bien sûr notre mère pour mettre le couvert, débarrasser, ou essuyer la vaisselle, suivant notre âge et notre adresse. Henriette seule assurait la cuisine, avec l'expérience de son passé de cuisinière, et même s'il y avait parfois des plats que nous aimions moins, c'était toujours préparé avec soin.

---

29 Le martinet est un petit fouet multiple, constitué d'un manche en bois d'environ 25 cm. Les lanières, au nombre d'une dizaine, sont généralement en cuir. C'est un instrument traditionnel de châtiment corporel, né et utilisé autrefois en France et plus généralement en Europe. *Source Wikipédia.*

Nous prenions aussi part à l'épluchage et à la préparation des légumes, tâche que ne délaissait pas non plus notre père, particulièrement pour le pot au feu ou la poule au pot du dimanche. Si mes souvenirs sont bons c'était aussi sa seule participation à la cuisine !

Mais il avait d'autres attentions. Par exemple, je n'ai jamais vu notre mère cirer une paire de chaussures, c'était la tâche exclusive du cordonnier !

Après le retour d'école en milieu d'après-midi, il y avait le goûter, moment important s'il en est. En juin par exemple, la tartine de fraises: une bonne tranche de pain, une couche de beurre, une couche de fraises écrasées, parfois une couche de crème, puis une couche de sucre en poudre. Miamm !

En hiver ce pouvait être la tartine de haricots: la même tranche de pain, la bonne couche de beurre, une couche de fayots froids écrasés, et pour finir quelques grains de gros sel ! Quel régal ! Même si nous ne rechignions pas sur une simple tartine beurrée avec un carré de chocolat.

Les devoirs se faisaient sous la surveillance de notre mère, les plus jeunes sur la table de la cuisine, et les aînés sur la table de la « salle à manger ». Le travail scolaire accompli, nous pouvions vaquer soit à nos jeux, soit aux taches diverses qui nous incombaient, et que j'évoquerai dans un prochain chapitre.

Tous les soirs en fin de journée, il fallait aller chercher le lait chez un voisin qui avait des vaches. Ce fut d'abord au plus proche, chez Joseph Barreteau, dont l'étable jouxtait notre jardin. Ensuite nous sommes allés chez Sylvain Bibard, en bas du bourg juste au delà du ruisseau. Nous y allions souvent à deux, nous chamaillant en route et jouant à faire tourner le bidon d'aluminium plein à bout de bras au dessus de nos têtes sans que le précieux liquide se renverse, ça marchait pratiquement à tous les coups, heureusement !

L'heure du dîner nous retrouvait autour de la table familiale, à la lueur d'une seule ampoule centrale avec son abat jour en verre au bord ondulé et à hauteur variable par un contrepoids en céramique. Pour raisons d'économie notre père n'admettait pas qu'il puisse y avoir deux lampes allumées à la fois dans la maison. De plus l'ampoule unique était de faible puissance, mais le système de réglage en hauteur de la suspension permettait de la baisser pour celui qui voulait lire.

Si ce n'était plus l'heure des informations à la « TSF », il pouvait y avoir un feuilleton radio que nos parents suivaient, donc « on ne parle pas à table » !

Après la vaisselle du soir et s'il n'y avait pas école le lendemain, nous pouvions sortir pour un temps les jeux de société, jeux de cartes parfois, mais surtout le coffret de quatre jeux que nous avions eu une année en cadeau collectif de Noël, à savoir « petits chevaux », jeu de « l'oie », dames et jacquet[30]. Si les trois premiers avaient du succès, je crois qu'aucun d'entre nous n'a jamais compris les règles du dernier.

Il y avait peu de livres à la maison, essentiellement les prix que nous recevions en fin d'année en fonction de nos résultats à l'école. A part ces ouvrages, notre père recevait tous les jours « Ouest France », qu'il lisait de bout en bout. Nous, les enfants, y suivions les aventures quotidiennes de Lariflette[31] et de sa femme Didine en quelques vignettes humoristiques.

----
30 Jeu autrefois appelé Tric Trac, et proche du Backgammon
31 Cette série humoristique s'est prolongée jusqu'en 1988

Chaque semaine arrivait « Le Pèlerin », hebdomadaire catholique, dans lequel m'intéressaient surtout les aventures du détective Pat'Apouf. Notre père n'était pas chasseur ou pêcheur le moins du monde (sauf pour la pêche à pied sur les rochers de Brétignolles), mais il était abonné au mensuel le « Chasseur Français » car cette revue comportait aussi des articles sur le jardinage, la culture des arbres fruitiers, le bricolage, la nature, le camping et la voiture. En outre, elle était à l'époque éditée par « Manufrance [32] », et présentait dans ses pages centrales quelques uns des articles que cette société, qui pratiquait la vente par correspondance, proposait dans son catalogue annuel.

Ce catalogue, ouvrage de plusieurs centaines de pages, illustrées non pas de photos mais de dessins, en couleurs pour certains, était pour nous une source d'émerveillement et de découverte de tous les objets industriels qui y étaient vendus. On trouve encore de nos jours des exemplaires de ces catalogues dans les vide-greniers et les ventes spécialisées pour les collectionneurs.

Les produits à la vente dans cet ouvrage allaient aussi bien des fusils de chasse de marque « Simplex » ou « Idéal » - à un coup, à deux coups, à canons superposés,... - aux cycles de marque « Hirondelle » - pour hommes, femmes, tandems, et pour enfants - aux articles de chasse et de pêche, qu'à tout l'outillage et la quincaillerie dont pouvaient avoir besoin les professionnels et les bricoleurs. Notre père y achetait clous, vis et ses outils à main.

Autre revue qui pouvait nous tenir émerveillés : « Système D » ; nous n'y étions pas abonnés mais il y en avait toujours plusieurs exemplaires qui traînaient à la maison. Cette revue mensuelle de bricolage, qui existe

---
32 Manufacture Française d'Armes et de Cycles de Saint Etienne

encore, présentait des conseils, schémas et plans pour toutes sortes de choses à réaliser soi-même, depuis la brouette du jardinier, jusqu'à la barque de pêche, en passant par le poste de radio amateur.

Pour les enfants, il y avait l'abonnement à l'hebdomadaire « Fripounet et Marisette[33] », petit magasine de huit, puis douze pages, chaperonné par l'Action Catholique des Enfants, avec ses héros Sylvain et Sylvette dans leurs aventures moralisatrices.

La grande fête du soir, car elle était rare, c'était la « veillée », qu'elle se passe à la maison, ou chez des voisins. Elle ne rassemblait que quelques uns des plus proches de ceux-ci et était l'occasion pour les dames de tricoter ensemble en bavardant, et pour les « hommes » de jouer aux cartes en buvant un coup, de vin chaud en hiver. C'était aussi l'occasion d'ateliers de fabrication d'éléments de décoration pour les fêtes religieuses, tels que roses de papier par exemple, mais nous y reviendrons. Les enfants, lorsqu'ils y participaient, sortaient les jeux de société ou s'initiaient aux jeux de cartes entre eux ou avec les adultes pour les plus grands.

C'est au cours de ces veillées que circulaient les histoires à faire peur aux enfants qui n'étaient pas sages (y en avait-il parmi nous ?), comme la légende de la « Chasse Galerie ». Celle-ci évoquait un cortège d'êtres fantastiques et malfaisants qui couraient la campagne par les nuits sombres d'hiver et de tempête, à la recherche des humains égarés pour leur faire subir des sévices innommables.

Parmi les activités plus réjouissantes, deux jeux de cartes avaient la vedette dans notre entourage. La classique « manille », avec un jeu de trente deux cartes, semblable à celui de la belote ; et plus exotique, l'Aluette, ou en bon

---
33 Editions du Groupe Fleurus, paraîtra jusqu'en 1969

vendéen, « la Vache ». Les cartes de ce jeu sont pratiquement identiques à celles d'un jeu espagnol (restes de la fondation des Sables par les espagnols au dix-septième siècle ?), à savoir qu'il comporte quarante huit cartes en quatre « couleurs » : les épées, les massues, les monnaies ou écus, et les coupes.

Les règles de ce jeu, qui se joue par équipes de deux ou trois, à quatre ou six joueurs, sont inhabituelles pour des habitués de la belote, tant dans la hiérarchie des cartes que dans le décompte des levées et des points. Autre particularité, il se joue à la parlante, les partenaires pouvant échanger les informations sur leurs jeux respectifs et les stratégies, par la parole et par signes, ce qui fait des parties très animées. Je n'ai pas souvenir d'avoir vu notre père rire autant que lorsque, adultes, il nous arrivait encore de l'entraîner dans une partie de « Vache » lors de nos réunions familiales.

Autre loisir incontournable des soirées d'hiver en famille : le grand concours annuel Ouest France. Je n'en ai pas retrouvé trace plus précise que mes souvenirs. De mémoire donc, tous les ans en hiver, ce quotidien lançait un grand concours ouvert à ses lecteurs et abonnés. Pendant environ un mois, chaque jour était publiée une photo insolite (en noir et blanc, bien sûr) dont il fallait deviner ce qu'elle représentait. Trois ou quatre solutions étaient proposées sous forme d'un QCM et une question subsidiaire journalière, de culture générale ou d'astuce, venait compléter la difficulté.

Ce concours était doté de prix en argent d'un montant important pour l'époque, quoique sans commune mesure avec les sommes faramineuses qui sont aujourd'hui proposées dans certains jeux débiles où on fait croire aux gens que c'est un exploit de connaître la couleur du cheval blanc d'Henri IV ou le résultat de deux fois trois.

Nous n'avons jamais remporté un des premiers prix, mais la mise au point définitive du bulletin de réponses qu'il fallait retourner avant une date de rigueur, a occupé bien des soirées, et ce au delà du temps de l'enfance, jusqu'en milieu des années 1960.

En été, avec les jours plus longs[34], l'après dîner était consacré à « prendre le frais » sur le pas de la porte côté route pour tailler une bavette avec les voisins, ou à faire le tour du jardin en arrosant les cultures et parterres fleuris.

Le coucher se passait sans grandes effusions, les embrassades et baisers de nos parents n'étaient pas fréquents. Non qu'ils soient indifférents mais outre le fait qu'ils ont toujours manifesté une grande réserve dans l'expression de leurs sentiments, je crois que dans la plupart des familles cela était habituel.

Nous vouvoyions nos parents, les grands parents, les oncles et tantes, et tous les adultes plus généralement. Je ne sais pas si et quand cette habitude du vouvoiement a disparu dans les familles qui le pratiquaient comme nous, à savoir la majorité de celles de notre entourage. Nous avons conservé cette attitude de respect et de déférence à l'égard de nos aînés jusqu'à leur décès.

Si en été il pouvait être agréable de retrouver la fraîcheur des draps, même s'ils étaient un peu rêches, en hiver c'était une autre histoire de se glisser entre des draps glacés. Sans chauffage dans les chambres, et malgré les couvertures et les «couvre-pieds[35]», l'ambiance pouvait y être glaciale, et

---

34 Il n'y avait pas d'heure d'été, l'heure « d'hiver » était seule en vigueur.
35 Sorte de couvre-lits épais confectionnés « maison » et constitués de laine de mouton cardée et matelassée entre deux tissus satinés, généralement de couleur rouge

bien que couchant deux par deux avec mes frères, se réchauffer n'était pas facile.

Pour y porter remède, chacun de nous montait au lit avec un gros galet ou une brique qui avait été mis préalablement à chauffer dans le four de la cuisinière ou près du feu de cheminée. Enveloppée d'un chiffon pour ne pas se brûler, cette réserve de chaleur était promenée entre les draps et les réchauffait pendant que chacun de nous s'acquittait de sa prière du soir, à laquelle il ne fallait pas déroger.

A l'extinction de la lumière, pas question de lire au lit, il n'y avait pas de lampes de chevet. Il fallait aussi faire silence, ce qui n'était pas toujours évident, car coucher à deux frères dans un même lit ne se fait pas sans chamailleries ou même bagarre si le territoire de chacun n'est pas respecté!

Quand il faisait bien froid, il était possible de se tenir les pieds au chaud, sous la table ou pour toute activité assise, (lecture, devoirs, tricot ou couture pour notre mère) avec une chaufferette. Petite caisse en bois, ouverte sur un côté, avec le dessus ajouré de barreaux, on y glissait un récipient plat, en terre cuite par exemple, dans lequel on mettait des braises et des cendres prélevées dans la cheminée. C'était un bon moyen de se tenir les extrémités au chaud pendant une heure ou deux !

Nous avons vu que la toilette du matin était des plus sommaire, et il n'y avait pas de toilette habituelle du soir. Les brosses à dents étaient inconnues (je ne sais pas comment nous avons fait pour éviter plus tard les problèmes dentaires graves), elles ne feront leur apparition pour chacun de nous qu'au départ en pension car elles étaient obligatoires au trousseau des internes!

La toilette du dimanche était un peu plus complète. Sans

eau courante, toilette au gant, avec une bassine sur la table de la souillarde, c'est tout ! Attention quand même à ne pas bousculer Octave qui pendant ce temps, se rasait au « coupe-choux[36] » avec un miroir de poche accroché sur la porte. Mais de temps à autre une opportunité d'eau chauce pouvait se présenter et permettre des ablutions plus poussées, comme lors de la stérilisation de conserves de petits pois ou de haricots verts. L'eau chaude du stérilisateur n'était pas jetée sans qu'elle ait servi à laver quelques paires de fesses ou de pieds !

Pour nos coupes de cheveux, c'était notre père qui officiait, avec ciseaux effilés et tonceuse (achetés chez Manufrance!). Bien dégagé sur la nuque et haut sur les oreilles, la frange bien droite, le style était plutôt sommaire, mais pas tout à fait militaire. Pour sa part, il faisait appel à un voisin, ouvrier maçon de son état[37], mais qui coupait les cheveux à domicile. De toutes façons il n'y avait pas de salon de coiffure à Landevieille, et je ne me souviens pas comment s'en débrouillait notre mère.

Assez rapidement après notre emménagement dans la maison, une buanderie a été bâtie au milieu du jardin, près du puits. La pompe y a été transférée à l'abri, et une cressonnière a été construite à côté, qui permettait de cultiver cette salade particulière les pieds dans l'eau courante. Cette buanderie était équipée d'une cheminée, notre mère pouvait y faire ses lessives en utilisant une bonne flambée ou un poêle à sciure. On y a même installé une douche, avec un bidon métallique qu'on remplissait d'eau chaude et qu'on élevait

---

36 Nom populaire du rasoir droit, qui s'affûtait sur une pièce ou une de cuir, par opposition au rasoir mécanique à lames interchangeables

37 C'est ce personnage, plutôt aimable par ailleurs, Mr Puiroux, qui répondait aux « estivants » en voiture qui lui demandaient leur route : « *Si vous ne savez pas où vous allez, vous feriez mieux de rester chez vous.*» merci l'accueil !

avec une corde et une poulie sur une console en bois. Et vive la douche à l'eau chaude et courante, quel changement pour la toilette (qui n'était pas pour cela forcément plus fréquente!).

Un peu plus tard, avant que le service d'eau public n'arrive jusqu'à nous, un petit groupe motopompe électrique a été installé dans cette buanderie, qui permettait d'avoir de l'eau sous pression sur un robinet prés de la maison. Le confort moderne se rapprochait !

Au quotidien, nous étions généralement habillés de vêtements peu fragiles, souvent de seconde main, donnés par des familles dont les enfants avaient grandi, et repassés des aînés aux petits frères. En tant que petit dernier, je crois qu'il m'a fallu attendre mes sept ans et ma première communion pour avoir un petit ensemble neuf, culotte et veste assortis.

Les rares vêtements neufs étaient parfois achetés à la foire de « la Chaize[38] » du jeudi ou plus souvent confectionnés par notre mère ou par une couturière, Georgina Daniau puis Hélène Ruchaud, qui venait à domicile. C'est elle qui avait la charge de confectionner les habits du dimanche et les culottes de travail de notre père en gros tissu de coton acheté, bien sûr, à la foire. Tous les pull-overs ou gilets étaient tricotés à la main, parfois avec de la laine de second usage, détricotée, lavée, et retricotée, vive le recyclage !

En fait, nous utilisions dans la semaine trois tenues. Une première pour la maison et nos activités à caractère « domestique », constituée de nos vêtements les plus usagés, souvent rapiécés, mais qui ne craignaient ni les salissures ni les accrocs.

La deuxième était celle de l'école ou des sorties en visite

---
[38] Le village de la Chaize Giraud, à environ un kilomètre au nord de Landevieille

de la proche famille, plus « neuve », même si parfois rapiécée mais toujours propre. Pour l'école, la blouse grise, elle aussi de confection « main », était de rigueur.

La troisième, c'était les habits du dimanche qui nous servaient essentiellement pour aller à l'église, il n'était pas question de jouer avec, au risque de les tacher ou de les accrocher ! L'hiver, veste et pantalon, sur chemise avec cravate, et pull tricoté, bien sûr. L'été, veste, chemisette et culotte courte, laquelle devait se mettre à partir du jour de Pâques, et se portait jusqu'à quatorze ans. Au delà, on était un homme, et il aurait été déshonorant de ne pas se montrer en pantalon !

Une fois, luxe suprême, j'ai eu un manteau avec un col de fourrure, de la vraie, une peau de martre, petit mammifère carnivore sauvage dont certains spécimens fréquentaient d'un peu trop près les poulaillers domestiques. La biodiversité dans notre campagne était alors plus riche que de nos jours.

Pour les parents, les principes d'habillement étaient les mêmes, la tenue de tous les jours était toujours recouverte d'un tablier en coton bleu pour notre père, ou d'un sarrau avec le tablier en sus pour les tâches salissantes, pour notre mère ! Les habits du dimanche étaient précieux, et le jour de Pâques était l'occasion pour les dames de sortir les tenues d'été !

Tous les jours – Activités de nos parents

La pension d'invalidité partielle de notre père, et les recettes de son activité de cordonnier ne constituaient qu'un revenu très modeste, et il fallait faire preuve d'imagination et déployer des activités multiples pour assurer un train de vie qui restait frugal.

Le modèle économique, si on peut appeler ainsi le mode de fonctionnement de la famille, était celui de l'autonomie la plus complète possible, les achats devant rester limités aux seuls denrées ou produits qui ne pouvaient être produits par le jardinage, l'élevage de poules et lapins, et le travail manuel.

Notre mère assurait les tâches « ménagères »: cuisine, entretien de la maison, habillement..., en gros tout ce qui avait trait au fonctionnement quotidien, à la nourriture, à l'éducation des enfants et à la gestion du budget et de la paperasse. Outre son travail de cordonnier, notre père assurait l'essentiel du jardinage et le bricolage au sens le plus large, qui pouvait comporter aussi bien la fabrication de meubles que l'entretien des vélos.

Ils se retrouvaient toutefois pour certaines tâches de jardinage, les récoltes et les conserves.

Avec quatre garçons à la maison, notre mère était bien occupée, elle se faisait donc aider. Nous avons vu que pour la couture, bien que possédant une machine à coudre, elle n'avait pas tout le savoir faire pour assurer la confection de certains vêtements, en particulier ceux de notre père et les tenues du dimanche. S'il nous arrivait d'aller à son domicile-atelier pour les essayages, la couturière Hélène Ruchaud venait donc à la maison pour les prises de mesures et certains ouvrages, en particulier lorsque l'approche de cérémonies telles que mariages ou communions nécessitait la préparation des tenues pour toute la famille.

Pour la lessive, bien sûr pas de machine, Henriette se faisait aider par une « laveuse », à savoir une dame du voisinage dont c'était la profession et qui se déplaçait de maison en maison pour assurer cette tâche. Le linge était mis à bouillir dans une lessiveuse, frotté et brossé à la main et au savon de Marseille, éventuellement battu sur la planche à laver au dessus d'une bassine en fer galvanisé, avant d'être rincé à grande eau.

Pour raviver les couleurs ou faire paraître le linge plus blanc, l'eau de rinçage était additionnée de couleur bleue, sous forme de boules achetées dans le commerce et dissoutes dans une première eau. Ce rinçage s'effectuait soit à la maison, mais le plus souvent au lavoir pour les grosses pièces. S'il y avait un « lavoir » traditionnel à Landevieille, sur le chemin qui menait de l'église au lieu-dit l'Etur, les bords du ruisseau qui passait en bas du bourg pouvaient aussi être utilisés par les riverains avec des aménagements plus sommaires. Le transport du linge à rincer vers ces lavoirs s'effectuait bien sûr à la brouette.

C'est notre mère qui se chargeait de tuer poules et lapins issus de l'élevage familial. Je ne m'étendrai pas sur le spectacle du poulet qui continue à courir dans tous les sens avec la tête coupée, ni sur l'image du dépouillement des lapins suspendus par les pattes arrière, déshabillés comme on retire un vêtement, avec des chapelets de crottes dans les boyaux quand ils étaient éviscérés. Les plumes des poules pouvaient être récupérées pour garnir les oreillers et les peaux de lapins étaient mises à sécher pour être vendues au chiffonnier[39], selon le principe « rien ne se jette qui peut servir ».

Une fois par an, à l'approche de l'hiver, il y avait la cuisine du cochon. Un quart de cochon était acheté dans une ferme à l'occasion d'un abattage familial et allait constituer une bonne part de l'approvisionnement en viande de l'hiver.

Une partie était mise à conserver au sel dans une grande terrine en terre qu'on appelait un « charnier »[40], elle servirait de petit salé pour accompagner le traditionnel chou vendéen[41].

Une deuxième partie était transformée en pâté avec parfois l'ajout de viande de lapin pour parfumer la préparation. Nous, les enfants, adorions tourner la manivelle du hachoir, mais attention à ne pas laisser traîner les doigts dans la gueule de l'appareil ! Les terrines de pâté, cuites au four, se conservaient sous la couche de graisse qui surnageait au dessus de la viande à la cuisson.

Le morceau de bravoure de cette préparation charcutière était le jambon vendéen. La cuisse ou l'épaule du cochon était

----

39 Métier aujourd'hui disparu, le chiffonnier passait régulièrement dans les villages et hameaux pour acheter les chiffons, les ferrailles et les peaux de lapins ou autres animaux domestiques.
40 Ce terme n'a plus du tout cette signification aujourd'hui.
41 Le Vendéen est surnommé « Ventre à choux » pour sa consommation des jeunes pousses du chou fourrager, qui est cultivé par ailleurs pour nourrir le bétail.

désossée, mise au sel et sous presse pendant quelque temps pour être débarrassée de son sang, puis badigeonnée plusieurs jours de suite avec de la gnôle pour la parfumer et éviter la prolifération de bactéries. La phase finale, la plus spectaculaire, consistait dans le fumage à la cheminée sur un bon feu de branches de laurier, opération répétée plusieurs fois de suite, avec toujours le badigeonnage à la gnôle entre chaque passage au feu. Ce jambon, qui reste cru, est un délice une fois passé à la poêle accompagné de haricots blancs[42] par exemple.

Notre mère se levait la première et assurait l'allumage des feux et la préparation des petits déjeuners. Malgré les nombreuses tâches qui lui revenaient et les conditions de vie difficiles, elle reste dans mon souvenir plutôt joyeuse, chantant en travaillant. Des cantiques souvent, mais aussi des chansons populaires entendues à la radio ou parfois en patois comme celle qui, sur l'air de « La Paimpolaise » racontait une odyssée paysanne dans le marais, dans laquelle un dénommé Ritou cherchait à rejoindre son village natal de Saint Urbain[43,] dont il croyait apercevoir le clocher tout au long du chemin.

Les journées de notre père se déroulaient suivant un schéma assez routinier, sauf le dimanche bien sûr. Après avoir pris son café et vaqué à quelques tâches secondaires, il attendait le déclic de la boite aux lettres qui indiquait que son quotidien « Ouest France » avait été livré. Il s'installait alors à la table de la cuisine pour un casse-croûte plutôt consistant, arrosé d'un petit coup de rouge. Il n'était pas question de le déranger pendant sa lecture.

Il se dirigeait ensuite vers son atelier, soit pour ses travaux

-----
42 La fameuse « mojette » vendéenne par exemple, encore que notre père préférait cultiver des « lingots ».
43 La chanson de Saint Urbain, voir en annexe.

de cordonnier, soit pour ses nombreux bricolages qui allaient l'occuper toute la matinée, sauf tâches plus urgentes de jardinage bien sûr. En hiver il chauffait son atelier par un petit poêle à bois et à charbon, dont le tuyau de fumée passait au travers de la vitre de la porte.

Ses ouvrages de cordonnerie allaient du ressemelage de chaussures à la confection de sandales et toutes autres réparations qu'on peut imaginer, coutures, poses d'œillets, etc.... Il assurait aussi des travaux de bourrellerie et réparation de harnais pour les chevaux des agriculteurs voisins. Ces prestations étaient facturées à un coût qui nous paraît aujourd'hui dérisoire, ou parfois faisaient l'objet de troc, par exemple contre un lapin de garenne d'un voisin chasseur, ou le droit de cultiver un sillon de légumes dans un champ de betteraves ou de choux. Il était aussi assez fréquent que les joueurs de l'équipe locale de football lui amènent le lundi le ballon de cuir à panneaux dont les coutures avaient lâché pendant le match du dimanche et qu'il fallait recoudre en relative urgence.

L'atelier était partagé en deux espaces spécialisés. A droite en entrant, la table de cordonnerie avec sa chaise de travail à l'assise en lanières de cuir, et tous ses tiroirs qui recelaient des outils et fournitures que nous n'avions pas le droit de toucher. Par exemple, nous étaient interdits les tranchets pour le cuir, coupants comme des rasoirs, et les pots de colle ou de teinture qui devaient absolument rester fermés herméti-quement sous peine de gâcher la marchandise.

A gauche, l'établi de menuisier, avec ses rangements de limes, ciseaux et mèches à bois, rabots, etc....pas d'outillage électrique à cette époque.

Toutefois, sa machine à coudre le cuir, impressionnant appareil à la forte ossature métallique, ainsi que ses réserves de cuir restaient dans ce que nous appelions la « vieille chambre ».

En dehors du cuir, notre père travaillait donc essentiellement le bois et la menuiserie était une de ses occupations préférées. A partir de plaques d'isorel et de montants et traverses qu'il faisait débiter et raboter à l'atelier de menuiserie de Robert Lhommeau, il a ainsi réalisé l'ensemble des meubles de rangement de la cuisine, du « cabinet de toilette », la table de la cuisine, les bancs, la brouette et tout ce qui pouvait être fabriqué avec ses moyens de bricolage.

Sur le sujet de l'équipement ménager, il n'y avait pas de réfrigérateur à la maison, et je doute même que certains ménages de Landevieille en aient été équipés à l'époque. La nourriture était conservée dans un garde manger grillagé pour être ventilé et se garder des mouches. Il était installé dans un endroit frais, dans certaines maisons pouvait même être descendu dans le puits pour cela. Chez nous, il restait sous l'escalier, et maintenant, il nous sert de desserte et de rangement sur la terrasse de notre maison secondaire à Maubuisson.

Notre père a donc décidé de fabriquer une glacière, sûrement sur des plans parus dans Système D ! Avec une cuve en zinc pour garnir l'intérieur, une bonne isolation et une « carrosserie » extérieure en isorel peint, elle a rempli son usage pendant une bonne dizaine d'années. La seule contrainte était d'aller deux fois par semaine, à la saison chaude, chercher un demi pain de glace chez le poissonnier ; tâche que nous, les enfants, accomplissions sans trop rechigner, c'était une occasion de descendre au « bourg ». La longévité de cet équipement est telle que, désaffectée de sa fonction de glacière et bien relookée, elle sert actuellement de meuble-bar chez notre fils Frédéric.

Il avait commencé ces fabrications bien avant que nous intégrions la maison du « Moulin ». Je crois que l'un de ses premiers ouvrages a été la remorque qui s'accrochait derrière un vélo (celui de notre mère en règle générale) et qui servait de moyen de transport universel. Cette remorque était constituée d'une caisse en bois d'environ un mètre par un mètre, d'une profondeur de cinquante à soixante centimètres, équipée de deux roues de vélo, et munie d'un timon métallique pour l'accrocher à la tige de selle du vélo tracteur.

remorque "à tout faire"

Elle était peinte en vert, je ne me rappelle plus s'il y a eu plusieurs exemplaires successifs de cette remorque (la légende familiale veut que la première version ait été construite à partir d'une caisse à savon!), mais elle était encore utilisée pour les pique-nique avec nos enfants à la fin des années soixante dix.

pique-nique à Landevieille en 1976

Le génie inventif de notre père n'avait pour limite que ses moyens de bricolage.

Je crois que son morceau de bravoure dans ce domaine a été la machine à semer les haricots.

L'avait-il trouvé dans les pages de Système D ou l'avait il inventé, le principe en était d'une trémie conique en bois, dans laquelle on versait les graines à semer, et à la partie inférieure de laquelle un tambour tournant muni de plusieurs cavités, laissait s'échapper au sol dans un sillon le nombre de graines choisi en fonction de la densité voulue du semis. L'ensemble était muni de deux longerons, comme une brouette, avec une roue à l'avant (c'était une des roues de la remorque à tout faire!) équipée d'un engrenage qui entraînait le tambour par une chaîne de vélo.

Le nombre de graines dans chaque cavité pouvait être réglé en l'obturant partiellement par une ou des rondelles de liège. Cette machine pouvait fonctionner avec les graines de pois ou de haricots, mais sa mise en œuvre ne se justifiait que sur des sillons de longueur importante.

Je ne voudrais pas oublier la cage mobile pour les lapins ! Les bas côtés de la route étaient enherbés et représentaient une source importante de nourriture pour les lapins, en particulier à la bonne saison, le trèfle rose qu'il fallait faucher là où il se développait.

¨Pour éviter cette corvée, Octave avait imaginé une cage grillagée, sans fond, d'environ un mètre carré et munie de deux longerons qui permettaient de la déplacer. Il suffisait dès lors d'amener la cage à l'endroit où l'herbe était la plus belle, d'y déposer quelques lapins qui allaient brouter tout ce qu'ils voulaient tout au long de la journée, et le soir, de venir récupérer les lapins pour les rentrer pour la nuit au clapier.

Je ne sais plus pourquoi ce mode de pâturage s'est achevé, est-ce l'épidémie de myxomatose de 1954 qui lui a été fatale, ou alors quelqu'un a-t-il trouvé commode de se servir parmi ces lapins qui semblaient l'attendre au bord de la route ?

Entre temps l'élevage avait un peu changé. Une attaque nocturne de rats avait exterminé les occupants du poulailler, poules et lapins, d'un seul coup. Pour lutter contre une nouvelle attaque, il a été introduit dans l'élevage un couple de cochons d'inde, sur le principe que la présence de ces rongeurs domestiques découragerait de nouvelles attaques des rongeurs rats. Ça a marché au delà des espérances, plus jamais il n'y a eu de razzia nocturne, mais, revers de la médaille, les cochons d'inde se reproduisent encore plus vite que les lapins ! Quoi faire ? Les manger, bien sûr, et pendant quelques années, nous nous sommes régalés régulièrement de civet de ces mammifères, préparation qui n'a rien à envier à la même recette de lapin !

Côté mécanique, ce n'était pas le fort de notre père. Si la mise en état et l'entretien des vélos étaient de sa compétence, il a assez vite délaissé sa moto qui est restée inutilisée pendant des années dans la « vielle chambre ».

Ses talents de bricoleur s'étendaient aussi aux jouets qu'il nous fabriquait. Pour un Noël il m'avait fabriqué un camion, avec les roues du landau qui était devenu inutile, camion assez grand, car je pouvais m'asseoir sur la cabine, et il était muni d'une vraie benne basculante !

Il fabriquait aussi des chevaux de bois, des avions avec des hélices taillées dans un morceau de tôle ou une baguette de section carrée. Ces avions avaient souvent pour finalité de constituer des girouettes qui étaient alors disposées en hauteur dans le jardin.

Ses journées et soirées d'hiver pouvaient être consacrées à la vannerie, domaine où il excellait et dans lequel ses ouvrages n'avaient rien à envier à ceux des pros.

Il savait travailler la paille en boudins assemblés en spirale au moyen de lanières de ronces pour la confection de paillassons et de contenants, mais aussi la tige de chèvrefeuille pour le garnissage de récipients de verre, bouteilles et bonbonnes, les corbeilles et « crêpiers [44] » ; et de façon plus classique l'osier, pour les paniers de service et de fantaisie.

Cette activité commence par la collecte de la matière première, tiges de ronces ou de chèvrefeuille ramassées dans les buissons, ou osier cultivé en oseraie par un grand nombre de foyers.

A savoir que l'osier, outre son utilisation en vannerie, était la matière des liens pour les fagots, de bois ou de sarments entre autres, avant l'utilisation du fil de fer. Un tour de main particulier, le bout le plus frêle du scion d'osier coincé sous le pied, permettait de former par torsion la boucle solide qui allait recevoir l'extrémité libre du lien ; une seconde torsion achevait la ligature et le verrouillage du fagot.

Ce matériau n'est utilisable que tant qu'il reste vert et souple ; aussi pour éviter qu'ils sèchent, les brins d'osier étaient stockés debout dans de grands récipients d'eau, en attente de leur utilisation. Ils pouvaient alors être tressés bruts, pour les paniers et autres corbeilles d'usage courant, ou, bouillis, écorcés, blanchis et refendus pour les ouvrages de vannerie plus raffinés.

---

44 Vannerie circulaire formant un plateau surélevé d'un pied court, pour mettre les crêpes à refroidir une fois cuites.

Les membrures des paniers étaient faites en baguettes de noisetier cueillies vertes et mises en forme à sécher suivant leur destination : cadres, armatures de fond, ou anses.

Nous, les enfants, participions à cette activité de vannerie dans la collecte de la matière première, et dans l'écorçage et le refendage des brins d'osier. Chacun de nous avait en sus son propre ouvrage de petite vannerie en cours, l'exemple de notre père nous servant de formation sur le tas

Je suis sûr qu'encore aujourd'hui chacune des familles de notre fratrie possède et utilise certains de ces paniers.

Avec l'aggravation de sa maladie et la modification de sa pension en invalidité à cent pour cent, notre père a peu à peu abandonné son activité de cordonnier, sauf pour la famille, et a réduit aussi ses activités de bricolage.

Son état de santé lui imposait aussi une sieste en début d'après-midi. Jamais très longue, elle ne durait guère plus d'une demi-heure, mais que ce temps nous paraissait long lorsque nous n'étions pas à l'école, soit qu'il nous fallait faire silence pour ne pas le déranger, soit que la sieste nous soit aussi imposée, en particulier au plus jeune !

L'économie - la récupération.

J'ai déjà évoqué le principe d'économie familiale basé sur l'autonomie maximale et le « rien ne se jette »; il faudrait aussi dire « tout ce qui peut encore servir se récupère et s'utilise ».

Un des premiers domaines dans lequel ce principe s'est illustré, c'est la matière combustible. L'utilisation de bois de chauffage, qu'il fallait acheter, était réservée à la cheminée de la cuisine. La cuisinière fonctionnait au charbon en boulets, qui était livré en sacs.

Pour le reste, lessives, conserves et toutes autres cuissons avec des récipients importants, cela se passait dans la grande cheminée de la « vielle chambre », et plus tard dans la buanderie quand celle-ci a été construite au milieu du jardin, près du puits.

A cette époque la bouse de vaches séchée pouvait être utilisée comme combustible dans nos campagnes, mais je n'ai pas personnellement souvenir que nos parents en aient fait usage. Par contre, je me souviens très bien de la collecte des trognons de choux.

Les choux fourragers, utilisés pour la nourriture du bétail en hiver, étaient coupés à environ dix/quinze centimètres au dessus du sol et ramassés par les paysans. D'accord avec les propriétaires de certains champs, nous allions en famille arracher ces trognons (ce qui évitait aux paysans d'avoir à le faire), les mettions en tas pour les faire sécher sur place, puis les transportions jusqu'à la maison avec la remorque à tout faire pour les faire brûler. Je ne pense pas que le pouvoir calorifique de ce combustible ait été très performant, mais ça ne coûtait rien.

Nous allions aussi collecter les aiguilles de pin comme allume-feu. C'était une expédition qui nous amenait à pied sur la route de Vairé, au croisement avec la route de Brem, où il y avait une sapinière. Nous ramassions les aiguilles sur le bord de la route, jusqu'à charger la remorque à déborder. C'était un grand moment de bonheur pour le plus jeune de faire le retour couché au faîte du chargement, alors que les autres allaient à pied. Comme la route du retour présente une bonne côte, c'était le chien qui aidait à tirer l'ensemble avec sa chaîne.

Je n'ai pas encore parlé des chiens de la famille, il y en a toujours eu, et de mon enfance, je me souviens de « Filou », grand bâtard noir et fauve, qui avait la particularité d'avoir une petite lune ronde noire au dessus de chaque œil. Puis il y a eu « Alma », chienne de taille moyenne, de poil mi-long, d'un beau noir de jais, c'était la meilleure pour tirer la remorque ! Après « Alma », il y a eu « Laïka » en 1958, petite chienne blanche que nous avait apportée le marchand de poissons itinérant, Monsieur Cerny, et ainsi nommée en référence à la première chienne cosmonaute que les Russes venaient d'envoyer dans l'espace.

Au moins les deux premiers de ces chiens n'étaient pas à proprement parler des chiens d'agrément ou de compagnie, mais plutôt des chiens de garde. Ils n'étaient pas admis dans la maison et passaient la plupart de leur existence, été comme hiver, attachés à la niche, sauf rares sorties comme celle que je viens d'évoquer.

Revenons à nos combustibles. Après les trognons de

choux il y a eu les copeaux de bois. Je crois que c'est sur Système D que notre père a découvert le principe du poêle à sciure et copeaux. Nous allions les récupérer à l'atelier de menuiserie, et ils étaient stockés dans un espace de l'atelier de notre père. Ce stock pouvait représenter deux ou trois mètres cubes, et je n'ose penser à ce qui serait arrivé si le feu s'y était mis !

Pour réaliser un poêle à sciure, prendre un récipient d'une cinquantaine de litres, du type vieille lessiveuse ou bidon d'hydrocarbures auquel on aura enlevé une des deux extrémités. Près du fond, dans la paroi latérale, percer une ouverture d'une dizaine de centimètres de diamètre ou de côté ; le poêle est prêt à l'usage.

Pour préparer le chargement, on introduit horizontalement dans l'ouverture latérale une bûche ou autre pièce cylindrique de huit à dix centmètres de diamètre, puis on dispose verticalement une autre bûche ou cylindre identique au centre du récipient. Il ne reste plus qu'à remplir avec les copeaux jusqu'en haut, en tassant bien autour de la bûche centrale, puis enlever celle-ci et la bûche horizontale. Si la sciure est bien tassée, on obtient une galerie horizontale et une cheminée centrale.

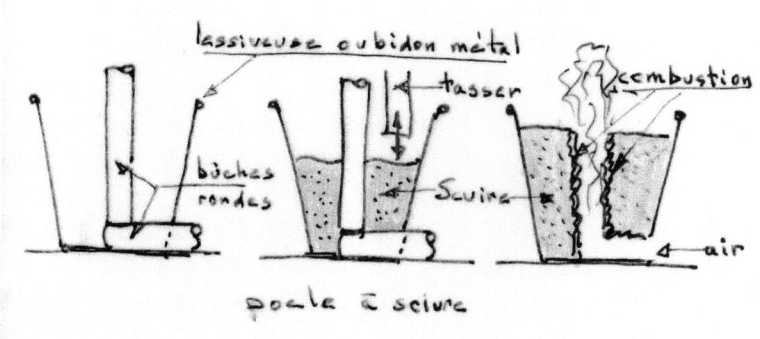

poêle à sciure

Pour l'allumage, il suffit de mettre dans la galerie horizontale un journal enflammé qui va lancer la combustion, la fumée s'évacuant par la cheminée centrale. Et c'est parti pour plusieurs heures de chauffe suivant la capacité du poêle ; en tout cas largement de quoi faire bouillir une lessiveuse ou un stérilisateur de conserves.qu'on aura posé au dessus au moyen d'une grille ou de deux barres de fer.

Récupérer du bois de chauffage était aussi possible en allant mettre en fagots les branchages produits par l'entretien ou le déboisage des buissons qui séparaient les parcelles cultivées. Nous étions à l'époque du « remembrement », démarche nationale qui invitait les agriculteurs à rassembler les parcelles de petite taille en parcelles de superficie compatible avec la mécanisation. La modification du cadastre allait de pair.

Pour cette tâche hivernale le concours du grand-père Berthomé était aussi sollicité, et nous partions en campagne, dans les champs où cette collecte nous avait été autorisée par le propriétaire pour faire les fagots du bois qui était utilisable. Ce travail se faisait principalement à la serpe, et pour que la tâche soit complète, il fallait laisser place nette et brûler sur place les ronces, broussailles, et le bois impropre à l'utilisation dans la cheminée.

Le grand plaisir pour le casse-croûte de midi, était d'emporter dans la musette quelques patates que nous mettions à cuire dans les cendres chaudes de ces feux.

Au début des années cinquante, il n'y avait pas de ramassage des ordures ménagères à Landevieille, il a fallu attendre 1955 pour que soit demandé à un petit agriculteur du bourg, Vital Mainard[45], de passer une fois par mois avec sa charrette à cheval pour assurer ce service. Il faut dire qu'à l'époque, la production de déchets des familles à la campagne était très limitée ; pas ou peu d'emballages, tous les déchets

---
45 Qui exerçait par ailleurs la tâche de tueur de cochons !

végétaux ou animaux servaient à nourrir poules, lapins et cochons, ou étaient compostés ; tout ce qui pouvait brûler l'était dans les cheminées ou dans des feux extérieurs.

Cela étant, il y avait quand même la décharge municipale qu'on appelait « le dépôt d'ordures ». C'était en fait une ravine située juste derrière le « Moulin »[46,] donc très proche de notre maison, qui se comblait peu à peu avec tous les débris, ferrailles, objets au rebut, etc... que les familles ne pouvaient pas éliminer chez elles.

C'était pour nous une mine intarissable de richesses, et en suivant le modèle de notre père, nous y récupérions tout ce qui pouvait avoir une seconde vie, et parfois des ferrailles et métaux qui pouvaient se revendre au chiffonnier. Cadres de vélos, pièces détachées, pneus usagés, planches, piquets, fils de fer, etc... se retrouvaient à la maison où il faut bien le dire certaines choses se sont accumulées sans utilité jusqu'au moment du nettoyage final avant la vente de la maison, au début des années 2000. Bon, on n'a jamais ramené à la maison une voiture entière bien qu'il y en ait eu dans cette décharge, mais des roues, volants et autres équipements, oui !

A partir de pièces récupérées notre père a su au moment opportun équiper un vélo d'adulte pour chacun de mes frères, pour les déplacements familiaux. Toutes les pièces de récupération étaient grattées, dérouillées, les cadres repeints d'une peinture bordeaux, les guidons, jantes et autres équipements en couleur aluminium. Les meilleurs des pneus récupérés trouvaient une seconde vie, et roule carrosse !

Comme il n'était pas question d'utiliser ces vélos « de sortie » pour s'amuser ou faire des acrobaties, mes frères se sont montés pour cela des vélos de seconde main. Ils n'étaient pas forcément très chouettes, mais qu'est ce qu'on a pu rire avec.

---
46 A l'emplacement de la rue appelée actuellement « Chemin borgne »

Yves s'était trouvé un cadre de femme, qu'il avait équipé de jantes nues, sans pneus, avec un pignon fixe ou un frein à rétropédalage, on peut imaginer le raffut sur un chemin empierré ! Claude avait une monture plus classique, avec des pneus, mais faute de chambres à air, ses pneus étaient garnis de foin, efficacité moyenne !

André, lui, n'avait ni pédalier ni chaîne, et devait se faire tirer par l'un des deux aînés avec une corde ! Il n'avait pas de freins non plus et a terminé un jour sa course la tête la première dans un buisson d'ajoncs ! Avec la chance toutefois d'être passé entre deux rangs de fils de fer barbelés qui y étaient dissimulés, sans se blesser.

Moi, le petit dernier, j'allais derrière, sur le porte bagages des plus grands, quand il y en avait un.

Le principe de recyclage touchait aussi certains produits d'utilisation quotidienne. Ainsi le papier journal, soigneusement découpé en rectangles de taille adéquate, était réutilisé en papier hygiénique, ce qui était d'un confort discutable.

Notre père savait aussi profiter d'autres opportunités. Par exemple, lorsqu'en 1959 les grands cyprès qui entouraient la statue du « Sacré Cœur » proche de la maison ont été abattus, il a su récupérer les troncs et les faire débiter en planches. Celles ci ont été stockées à sécher dans le grenier de la maison pendant quelques années, puis utilisées ! Le banc jaune que nous avons dehors à Maubuisson, et la planche à découper de Tresses proviennent de ces cyprès !

Cela étant, si les produits du jardinage et du modeste poulailler participaient de façon non négligeable à la nourriture de la famille, avec six bouches à nourrir à la maison, il fallait bien avoir parfois recours au commerce local.

Comme la plupart des villages ruraux à l'époque, Landevieille abritait les commerces de base : les épiceries de

Joséphine Blanchard (famille Dudit) et de Clémentine Penard (famille Drapeau), la boucherie Genaudeau, la boulangerie Martin (en 1950), le poissonnier-primeurs (Gilbert et Alice Boucard).

Nos parents ne fréquentaient qu'assez peu ces commerces locaux, auxquels ils préféraient les commerces itinérants dont les fourgons ou camionnettes venaient chaque semaine à domicile en annonçant leur arrivée d'un bon coup de klaxon ; les ménagères se dirigeaient alors à l'arrière du véhicule stationné sur le bas-côté de la route pour faire leurs achats.

L'épicier, Monsieur Gouret, venait de la Chaize Giraud, avec son fourgon tôlé Citroën. Jojo, le commis de la boucherie Artaud, de Brétignolles, passait deux fois par semaine. Pendant les étés 1963 et 1964, j'ai eu le plaisir d'avoir ce personnage drôle et attachant comme collègue lorsque j'étais garçon boucher saisonnier dans cette honorable maison.

Le marchand de poissons itinérant, Monsieur Cerny, venait des Sables, lui aussi deux fois par semaine, avec une 2CV Citroën camionnette bleu marine. Les parents lui réservaient des exemplaires périmés de Ouest France pour emballer sa marchandise. Les préoccupations d'hygiène et d'environnement à l'époque n'étaient pas les mêmes qu'aujourd'hui !

Le pain était livré depuis la boulangerie Sire de l'Aiguillon sur Vie par le cousin Fernand avec une Juvaquatre Renault de carrosserie « jardinière[47] ». D'un physique et d'un naturel débonnaires, Fernand était l'un des fils de l'oncle Stanislas Rabiller, frère de notre grand-père Aristide, qui exploitait une grosse ferme, à « Sainte Hélène », dans le marais du Jaunay sur la commune de l'Aiguillon sur Vie ; il s'y livrait, entre autres, à l'élevage des chevaux de course.

---
47 Carrosserie de type commercial ou break, souvent réalisée en ossature et panneaux de bois

Nous consommions exclusivement du gros pain blanc, ou « pain de quatre livres ». Il n'y avait pas de payement à chaque livraison, mais chaque miche était enregistrée, pour règlement groupé périodique, au moyen du système de la « coche ». Ce système était constitué d'une baguette de noisetier refendue en deux parties, l'une conservée par le boulanger ou son livreur, l'autre par le client. Les deux moitiés de la baguette étant rassemblées face à face, le commerçant y effectuait avec son couteau une ou plusieurs encoches, suivant la quantité de pain livrée. Chacune des deux parties à la transaction conservait sa moitié de baguette en preuve de son achat et de sa livraison.

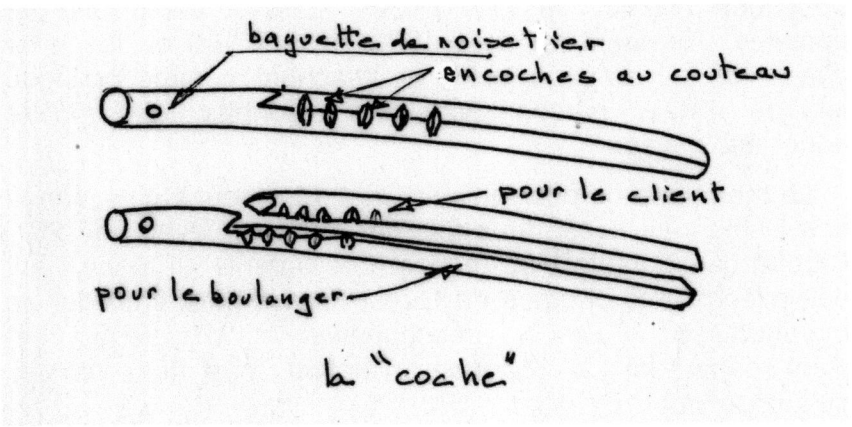

Le cousin Fernand faisait donc sa tournée de pain avec un petit fagot de « coches » à la ceinture, chacune correspondant à une famille cliente. Le règlement était demandé lorsque la coche était « pleine », en échange d'une nouvelle coche vierge.

Pour les autres approvisionnements, il y avait la « foire de la Chaize » qui chaque jeudi rassemblait les commerçants ambulants et la population des villages avoisinants autour de l'église romane de ce petit bourg proche. On y allait le plus souvent à vélo, parfois à pied. Notre mère y trouvait les vêtements et le linge de maison bon marché, la mercerie et la laine pour ses ouvrages de couture et tricot. Notre père y achetait de la quincaillerie, des outils, ou les graines et plants de légumes du pépiniériste local.

Outre les commerçants alimentaires dont j'ai parlé un peu plus avant, il y avait à Landevieille d'autres services et artisans.

Le nouveau bureau de poste avait été construit en 1951, en haut du bourg sur la route de la Chaize. Le bureau de tabac-recette des contributions-bistrot-marchand de journaux était voisin. Un autre bistrot, plus près de l'église, dans la montée, était tenu par la famille Voisneau.

La menuiserie de Robert Lhommeau, établie près du cimetière, fabriquait portes, fenêtres, volets et meubles. Le charron était Romain Joubert, et le forgeron- maréchal ferrant Joseph Favreau était aidé de son gendre André R colleau.

Trois entreprises de transport se partageaint la desserte locale vers Les Sables ou Saint Gilles. La plus ancienne, Pierre Praud, exploitait un autobus et un camion rescapé de la seconde guerre mondiale, fonctionnant avec un gazogène[48]. A sa cessation d'activité de transporteur de voyageurs, ce service sera repris à la fin des années cinquante par l'entreprise Libaud. André Voisneau exploitait un autobus et développa au milieu des années 50 une entreprise de travaux agricoles, en attente de la mécanisation des campagnes. Les frères Tesson et leurs autocars se tourneront plutôt vers l'organisation de voyages de groupes et

----

48 Dispositif de production de gaz hydrogéné pauvre pour l'alimentation de moteurs à explosion, à partir de bois, charbon, ou autre matière carbonée. Le camion à gazogène en question a fonctionné pendant un temps avec les épis de maïs séchés, une fois égrenés.

d'excursions.

Un second cordonnier s'était aussi installé en la personne de Pierre Guillonneau[49], en bas du bourg, et la commune comptait deux maçons, Olivier Lucas[50], et l'entreprise Mincent. Une troisième entreprise de construction sera créée par Yves Michon en 1959.

Pratiquement tout le monde connaissait tout le monde dans le village, et certains habitants se voyaient affublés de surnoms pas toujours très valorisants tels que: P'tite Patte, Jambe de Laine, Riquiqui, Crâne Fendu, Robic,...... Peut-être avons nous aussi porté de pareils sobriquets sans le savoir, mais c'est comme pour certaines mésaventures conjugales, ce sont toujours les concernés qui sont informés les derniers.

Outre le bistrot et la place de l'église, les caves particulières tenaient un vrai rôle social dans notre communauté, surtout pour la gent masculine. Beaucoup de familles de Landevieille avaient un lopin de vigne qui produisait de quoi assurer la consommation annuelle. Chaque habitation, pratiquement, avait donc sa cave, et si les gens ne recevaient qu'exceptionnellement leurs connaissances dans leur espace privé, les visites et réunions entre hommes se faisaient « à la cave ». Et pas pour « sucer de la glace » comme on disait.

Quelques verres, plus ou moins propres parce ce que pratiquement jamais lavés, trônaient toujours sur un coin d'étagère ou un cul de tonneau. Un quart de tour à la « canelle[51] » de la barrique ou du barricot[52], ou alors quelques

---
49 Dont la fille aînée, Andréa, a épousé mon frère Claude en juillet 1967.
50 Dont la fille cadette, Andrée, a épousé mon frère André en août 1967.
51 Robinet de barrique en bois, mot déformé de « canule »?.
52 De plus faible contenance que la barrique, soit vingt cinq ou cinquante litres, au delà il y avait la « demi-barrique » d'environ cent dix litres.

coups de maillet pour faire sauter l'épinette[53], et le verre, souvent à demi plein (mais il pouvait repasser plusieurs fois) était proposé aux visiteurs.

Cette visite à la cave pouvait aussi être l'occasion de déguster le « casse pattes », variante locale du pinot charentais, obtenu par fermentation du moût auquel on ajoutait une bonne quantité d'eau-de-vie.

Nous, enfants, n'étions acceptés à la cave qu'en compagnie de notre père. La coutume vendéenne de la visite et du « coup à la cave » était tellement ancrée dans nos habitudes que j'ai été très surpris lors de notre installation dans le bordelais, qu'on puisse aller acheter du vin chez un producteur sans que celui-ci offre un verre à boire. Chez nous, ç'aurait été de l'impolitesse grave, et même un sujet de fâcherie justifié. La « sagesse » populaire voulait que quiconque entre dans une cave n'en ressorte qu'en ayant des difficultés avec la ligne droite[54].

---

[53] Petite cheville de bois qui venait boucher un trou de puisage percé dans le fond du tonneau, lorsque celui-ci n'était pas pourvu de canelle.

[54] Dans notre patois, on ne disait pas « tituber », mais « turcoler ».

Tous les jours, nos activités

Nous aussi, les enfants, participions à notre mesure à l'économie et aux activités de la famille.

Le soir après l'école il fallait aller chercher la nourriture pour les lapins. L'élevage familial n'était pas très important, de mémoire une douzaine ou une quinzaine de bêtes, mais si le lapin se reproduit vite, il faut aussi le nourrir deux fois par jour.

Équipés d'un grand sac de jute, et d'un vieux couteau pour chacun, nous parcourions les bas côtés de la route et des chemins à la recherche de leurs végétaux préférés. Parfois notre père avait négocié avec tel ou tel voisin l'autorisation de cueillette dans des champs cultivés ou des vignes, ce qui arrangeait tout le monde et nous permettait une meilleure récolte, en particulier de grosses ravenelles[55] dont nos lapins étaient friands.

Nous avions aussi quelques poules, qui ne couraient pas en liberté dans le jardin car ces volatiles sont très destructeurs de la végétation, mais qui étaient au poulailler.

---
55 Sorte de radis sauvage, à feuillage de développement rapide et au port étalé pouvant atteindre 30 à 40 cm de diamètre.

Elles étaient nourries essentiellement de végétaux, comme les lapins, et mangeaient toutes les épluchures et les coquilles d'huîtres pour pondre des œufs à la coque plus solide.

Il fallait bien aussi leur donner du grain, soit en l'achetant ce qui était facile auprès de nos voisins paysans, soit par le système débrouille.

Comme il a été dit plus avant, la population de Landevieille était essentiellement agricole, et en particulier le bourg était le lieu de multiples petites exploitations de polyculture et élevage. Les champs proches de notre maison étaient donc cultivés soit de plantes fourragères, choux, betteraves..., soit de céréales.

Pour ces petites exploitations, les moissons se faisaient encore à la main, à la faux principalement dans les petites parcelles, ou à la faucheuse tirée par un cheval pour les plus grandes. Le blé coupé était rassemblé en javelles, puis en gerbes liées d'une poignée de paille le plus souvent, avant d'être rentrées dans la cour de l'exploitation pour le battage.

Restaient sur place des brins de paille avec leurs épis intacts, ou du grain répandu au sol. Avec l'autorisation des paysans, parfois en échange de la réparation d'un harnais ou d'un autre équipement de cuir faite par notre père, nous allions donc « glaner » ces épis et ces restes de paille, qui amélioraient l'ordinaire des pensionnaires de notre poulailler, et le nôtre par la même occasion.

Les quantités collectées restaient modestes, et c'est à la main que nous égrenions la récolte pour séparer le grain des épis, puis la vannions pour enlever la balle avant que nos poules puissent s'en nourrir.

Nous participions aussi beaucoup aux travaux de jardinage, chacun à la mesure de son âge et de ses capacités physiques, bien sûr.

Le jardin à l'arrière de la maison du Moulin n'avait pas une superficie suffisante pour satisfaire les besoins de culture de la famille, et avant qu'il puisse acheter le jardin de la route de Vairé, en 1955, puis celui en face de la maison, de l'autre côté de la route, en 1964, notre père a toujours cherché à exploiter d'autres surfaces en participation.

La première de ces participations « extérieure » a été avec un proche voisin, le père Auguste Thomas. A sa retraite, ce modeste exploitant agricole avait gardé un jardin potager avec verger, au lieu-dit « la Planchette », très proche du Moulin. Contre les gros travaux de labour (en fait plutôt le retournement des planches de culture à la pelle-bêche), nous disposions de la libre culture de la moitié de la surface du dit jardin. C'est donc nous, les garçons, qui nous y collions, en ligne, chacun avec ses sabots et sa pelle à sa taille. Sous la direction d'Yves, l'aîné, l'avancement de l'ouvrage commun n'allait pas toujours sans encombre ou chamailleries.

Un autre jardin, dans le bourg près du presbytère, était lui exploité à moitié, c'est à dire que la moitié des récoltes revenait au propriétaire, contre le droit d'usage en culture pour nous.

Outre ces trois jardins, l'usage de surfaces en champs libres, contre services rendus, pour les cultures consommatrices de beaucoup d'espace (choux, haricots, raves....) permettait d'assurer une quasi autonomie de légumes, en été et en hiver.

Les moments de récolte étaient aussi des périodes où nos petites mains (de moins en moins petites avec le temps passant) étaient sollicitées. Les grosses récoltes d'été étaient les patates, mises en caisses pour l'hiver à l'abri de la lumière, et les carottes, conservées en cave dans du sable.

Les haricots secs étaient récoltés à maturité avec les tiges, ramenés à la maison avec la remorque à tout faire, puis battus au fléau sur des grandes bâches de jute dans la cour. Inutile de dire que seuls les adultes et les plus grands avaient le droit de manipuler les fléaux, engins dont la dangerosité était avérée, en particulier pour celui d'à côté[56]. Inutile de préciser que les tiges et cosses étaient directement recyclées en fourrage pour les lapins.

Moins drôle était la récolte, un peu plus tôt en saison, des haricots verts et petits pois, car les tâches d'équeutage des uns et d'écossage des autres étaient pour les plus petits. Je me souviens de nos soupirs de découragement quand nos parents déversaient sur la table de travail les paniers qu'ils venaient de récolter, qui pouvaient représenter une dizaine de kilos, et qu'il fallait préparer soigneusement pour les conserves !

Cette production de légumes a trouvé son apogée après que nos parents aient acquis en 1955, sur la route de Vairé au lieu-dit le Pré Bié, à quelques centaines de mètres de la maison, une parcelle de terre d'une dizaine d'ares environ pour l'exploiter en potager et verger. Toute en longueur, cette parcelle était établie entre la route départementale, à l'ouest, et un petit ruisseau, à l'est.

L'aménagement, mûrement réfléchi, était des plus rationnels:
    — le long de la route, sur toute le longueur, une planche

---
[56] Le fléau, composé de deux pièces de bois articulées par une lanière de cuir a été utilisé autrefois comme arme par les paysans dans les révoltes campagnardes

de fraisiers, puis une rangée d'arbres fruitiers, surtout des poiriers,
- sur l'autre limite, près du ruisseau, des planches pour les semis et légumes gros consommateurs d'eau, et une rangée de pommiers et pruniers,
- au centre, et sur toute la longueur, un espace de cultures en sillons, espace qui pouvait, au besoin, être labouré avec un cheval, ou plus tard, d'un coup de tracteur agricole ; y seraient cultivés patates, choux, haricots verts....

Un des premiers équipements de ce jardin a été la construction d'une cabane pour le rangement des outils (et d'un autre abri plus sommaire à usage de WC). Technique Octave : ossature bois de récupération, traitée contre l'humidité à l'huile de vidange automobile, bardage de tôle galvanisée, fenêtre réalisée avec un vitrage d'autobus récupéré à la décharge. C'était du costaud, car elle n'a disparu qu'au début des années 2000, bien après que ce jardin ait tristement terminé sa carrière comme dépôt de matériaux car il avait été vendu à l'entrepreneur de maçonnerie qui avait construit sa maison en face !

Puis, comme il fallait de l'eau et que le petit ruisseau ne suffisait pas, nous avons dû creuser un puits, de mémoire en 1957-58. Parmi les nombreux talents de notre père, il était sourcier ! Il mettait parfois son art dans cette discipline au service des voisins qui souhaitaient, qui creuser un puits, qui aménager une réserve d'eau pour son bétail.

Il utilisait indifféremment deux méthodes :
- la baguette fourchue de noisetier qui tourne entre les pouces de façon incontrôlable en présence d'eau souterraine ; il a bien sûr essayé de nous initier à cette technique, mais avec des résultats inégaux ; en ce qui me concerne, c'est un « don » que je n'ai pas cultivé,

— la montre en argent : tenue d'une main au bout de sa chaîne elle oscille en présence d'une source, et le nombre de cailloux déposés dans l'autre main avec lequel l'oscillation s'arrête, donne la profondeur à laquelle il va falloir creuser pour avoir de l'eau.

Les deux méthodes sont complémentaires, et plusieurs de nos voisins de Tresses se réjouissent d'avoir suivi ses indications pour le creusement de leurs puits.

Cela étant l'eau n'était pas très profonde dans ce jardin, et nous nous sommes attelés au creusement du puits encore une fois avec l'aide du grand-père Berthomé.

Deux au fond à la pelle et à la pioche, deux en surface pour tirer sur la corde et remonter le seau de gravats avec une poulie (moi je n'avais encore qu'à peine dix ans, je participais !), on a mené ça rondement, l'eau a commencé à venir à deux mètres environ, et on a continué jusqu'à quatre. Puis coffrage, bétonnage d'une margelle sur les deux premiers mètres, et dalle en béton pour couvrir le tout, bel ouvrage, digne de pros !

Pour achever l'installation, Yves qui était à l'époque en CAP de mécanique-auto, a fabriqué une pompe à bras. Elle permettait de remplir un fût métallique de cent soixante litres (un « baril ») disposé en haut d'un chevalet en bois, pour arroser les cultures autour, sous pression comme avec « l'eau du service d'eau » (dont je rappelle qu'il n'a été disponible à Landevieille qu'en 1960). Pour le jardinier en chef qu'était notre père, il n'était pas question d'arroser avec l'eau sortant directement du puits, qu'il jugeait « trop froide », il fallait de l'eau à température « ambiante », ce qui était résolu lorsqu'elle séjournait une nuit dans le réservoir aérien.

Je me souviens qu'étant adolescent, je devais rentrer de la

plage vers dix sept heures trente pour aller remplir le bidon que mon père avait vidé en arrosant ses céleris en branche, gros consommateurs d'eau. Avec entre quatre et cinq litres à chaque coup de pompe, c'était aussi un exercice de musculation.

Ce jardin a été pour nos parents une occupation de tous les jours, souvent matin et soir. Je crois qu'outre son côté productif, il leur assurait un contact profond avec la terre, contact qui avait bercé leur enfance et leur jeunesse. Fort heureusement, avec cette acquisition, les jardins que nous avions en participation avaient été abandonnés.

Ce n'est que lorsque nous, les enfants, aurons pratiquement quitté la maison en 1964, qu'ils acquerront le jardin juste en face de la maison, de l'autre côté de la route, au Moulin.

Parmi les tâches incontournables des vacances d'été, il y avait la corvée de bois. Pour la cheminée de la cuisine, notre père achetait tous les ans trois « cordes [57] » de bois qu'il fallait ramener, débiter à trente trois centimètres et fendre menu ; les cheminées de la maison étant très capricieuses, elles ne fonctionnaient correctement qu'avec de petites bûches.

Le bois était acheté en longueurs de un ou deux mètres selon la provenance. Il fallait parfois aller le chercher dans les fins fonds de la campagne, j'ai souvenir d'une expédition de ce genre avec le camion à gazogène du transporteur, Pierre Praud, dans les fonds de la Savarière (où a été construit le barrage du Jaunay dans les années soixante).

Pas de tronçonneuse pour le débit, bien sûr. C'est au passe-partout[58] que nous recoupions les billes à la longueur

---
57 Une « corde » égale trois stères, trois cordes font neuf stères
58 Grande scie à large lame et grandes dents, avec une poignée à

imposée. La bûche en équilibre sur un chevalet, maintenue par un de nous (souvent le plus jeune!) assis à califourchon, et il fallait prendre le rythme, ce qui n'allait pas toujours, encore une fois, sans chamailleries. Pour le fendage, l'usage de la hache était réservé aux plus grands ; aux plus jeunes de frapper sur la cognée (ou les coins pour les pièces les plus coriaces) avec une masse constituée d'un billot de bois noueux emmanché. Bon, on a cassé pas mal de manches, au grand dam de notre père !

Notre temps en dehors de l'école était bien occupé, l'oisiveté n'était pas de mise, mais nous trouvions encore du temps pour nos jeux d'enfants.

---

chaque extrémité, qui se manipule à deux opérateurs

Tous les jours, les jeux.

J'ai dit plus avant que nous avions peu de jouets. Cette affirmation doit être nuancée car, si effectivement ce n'étaient pas ceux du commerce qui encombraient nos espaces, nous avions à disposition toute une matière à exploiter pour la fabrication de nos propres jouets et jeux.

Bien qu'étant une fratrie sans sœurs, nous avons aussi eu, étant petits, des baigneurs en celluloïd et poupées de chiffons, avec tout l'attirail de lits, landaus, etc... de fabrication maison.

A cette époque, dans nos familles et campagnes imprégnées de foi chrétienne, on ne fêtait à Noël que la naissance du petit Jésus ! Et si nous espérions impatiemment le retour de la messe de minuit[59], ce n'étaient jamais des montagnes de cadeaux qui nous attendaient, mais plutôt un petit jouet à trois sous et une orange dans son papier de « soie ». Je sais, c'est cliché pour les générations suivantes, mais c'était réellement comme ça !

----
59 Pour nous, ce n'était pas le Père Noël qui apportait ces petits cadeaux, mais le « Petit Jésus », qui était sensé passer pendant la messe de minuit.

Si les cadeaux de Noël venaient au final strictement des parents, nous avions droit à une deuxième chance avec les « étrennes » du jour de l'an. Grands-parents, parrain ou marraine, pouvaient apporter une petite pièce ou un Père Noël en chocolat.

De ce point de vue là, je pense que quatre-vingt quinze pour cent des familles de Landevieille étaient logées à la même frugale enseigne !

Tout petits, nous avons cependant eu des jeux de cubes, en bois car la matière plastique n'avait pas encore envahi notre univers, avec leurs faces décorées de papier, qu'il fallait assembler pour former des images complètes, un peu à la façon d'un puzzle. Je ne sais plus à quelle occasion, mais je me souviens aussi d'avoir reçu un beau jeu de quilles en bois, avec ses neuf pièces tournées et décorées de viroles peintes de couleurs vives et deux boules qu'il fallait surtout ne pas perdre.

Plus tard, lorsque mes aînés ont grandi en habileté, le « Meccano » est arrivé avec ses barres et plaques métalliques perforées, ses boulons, ses axes, poulies, roues, manivelles et autres accessoires. Certes, la boite que nous avions reçue n'était pas la plus complète de la série mais nous avons passé de nombreuses heures à reproduire les modèles présentés sur le manuel et bien sûr à monter des mécanismes de notre propre invention.

Nos jeux ont évolué au fur et à mesure que nous grandissions, et que nous développions notre habileté à en fabriquer de nouveaux. Nous sommes ainsi passés des baigneurs et jeux de cubes, aux voitures, tracteurs et remorques fabriqués maison.

Une planche de bois taillée en trapèze pour le châssis, un parallélépipède pour le capot moteur, deux petites boites de cirage pour les roues avant et deux plus grosses, d'encaustique (cire à meubles) pour les roues arrière, et voilà un tracteur. Pour la remorque, un petit cageot et quatre boites de pastilles « Pulmoll » (le médicament, ou plutôt le bonbon, préféré de notre père), et voilà une entreprise de transport.

Il y avait déjà (comme c'est étonnant !) des bateaux. De la simple betterave creusée au morceau d'écorce de pin taillé en forme au couteau, ou plus simple encore l'os de seiche avec une plume en guise de voilure, nous savions les faire naviguer sur les flaques ou les ruisseaux.

Les jeux se déroulaient souvent devant la maison, au bord de la route, où il était bien rare que ne subsiste pas un tas de sable où nous allions tracer des routes, pistes, ponts etc... Nous lancions des courses de billes, ou de figurines de coureurs à vélo quand un des camarades de mon frère André, Jean-Claude Puiroux qui en possédait tout un peloton, venait jouer avec nous ; cela essentiellement en été, à l'époque du Tour de France ou du Tour de l'Ouest.

Au début des années cinquante, la circulation automobile était faible, nous étions en relative sécurité sur le bas côté de la route, le revêtement gravillonné ne permettait pas de vitesses élevées, chaque passage d'une voiture particulière était sinon un événement, au moins une opportunité de découverte de nouveau modèle.

Les convois agricoles étaient plus fréquents, charrettes légères tirées par un cheval, lourds tombereaux chargés de choux, de betteraves ou de paille tirés par quatre ou six bœufs à la démarche majestueuse. Ce n'est qu'avec les années soixante que la traction mécanique va vraiment prendre son essor et remplacer peu à peu ces attelages typiques.

Il y a eu des époques particulières et des modes pour nos jeux, en fonction des opportunités, je ne saurais en retracer la juste chronologie.

Parmi les plus innocents ont été les avions. Fuselage en bois, ailes en carton fort, un clou de sabot dans le nez et une catapulte faite d'une planche et d'un fort élastique, leur vol pouvait dépasser les cent mètres. Les flèches empennées de carton et lancées avec une ficelle faisant propulseur étaient plus dangereuses, mais pires encore étaient les arcs, puissants lorsque fabriqués avec une belle branche de frêne, avec leurs flèches en noisetier.

Cela a duré jusqu'au jour où notre père a vu une flèche lui passer sous le nez pour se ficher dans la porte de son atelier duquel il sortait ! Cette flèche avait une pointe en cuivre ! Inutile de dire que l'auteur de cet exploit, le présent narrateur, s'est fait copieusement sonner les cloches, et qu'à partir de ce jour, nous avons dû abandonner cette activité. Mais entre-temps nous avions grandi !

Moins innocents encore étaient les lance-pierres ! Chaque gosse de la campagne en avait un, fabriqué d'une fourche de bois dur, d'une pièce de cuir pour y mettre le projectile, et de deux élastiques. Si on trouvait à l'épicerie, « chez Clémentine », de l'élastique « ad hoc » de section carrée, il n'était pas question pour nous d'en acheter, et nos lance-pierres étaient équipés d'élastiques de bocaux de conserve réformés, ou de morceaux de chambre à air en caoutchouc.

Avec ces lance-pierres, nous faisions en hiver des expéditions de « chasse » aux petits oiseaux, merles ou passereaux. Je dois dire que n'étant pas des plus adroits, nous n'avons jamais ramené par ce moyen de quoi faire une brochette. Nous préférions les piéger, en particulier par temps de neige, avec un appât de quelques graines et un cadre de grillage que nous rabattions à distance avec une ficelle lorsqu'ils se posaient pour picorer.

Nous n'étions pas de ceux qui s'amusaient à casser les isolateurs en verre des lignes électriques aériennes avec ces frondes. Mais je me suis fait confisquer mon lance-pierre le jour où j'ai cassé la vitre de la fenêtre de l'escalier en tirant vers la maison depuis le jardin. J'avais bien entendu un bruit suspect après mon tir, mais comme je n'avais rien vu tomber, je m'étais dit « Tiens, c'est bizarre, mais ça n'a pas l'air grave ! ». Ce n'est qu'en fin de journée, en montant fermer les volets, que ma mère a trouvé les éclats de verre dans l'escalier et que le forfait a été découvert. Je n'ai pas dû beaucoup apprécier mon dîner ce soir là !

Nous débordions d'inventivité pour utiliser notre temps libre ; revenons à des occupations plus inoffensives, comme la fabrication de cerf-volants.

C'était une activité de vacances, il pouvait y en avoir deux ou trois en fabrication en même temps. Après tâtonnements, le modèle que nous avions retenu, car fonctionnant à tous les coups, était de type hexagonal, de forme plus ou moins allongée suivant l'humeur du constructeur, et dont la longueur pouvait atteindre un bon mètre.

La structure était constituée de trois baguettes de bambou refendu, reliées entre elles par un brêlage central et par un lien périphérique ; l'entoilage était de papier kraft, si opportunité, ou plus souvent de papier de récupération de sacs de ciment vides (on en trouvait facilement à la décharge). L'assemblage du papier se faisait à la colle de farine, ce qui ne revenait pas cher, et la queue de l'appareil était de papillons de papier journal liés avec une ficelle.

Pour l'envol, pas question de fil du commerce, le système débrouille devait fonctionner pour se procurer les quelques centaines de mètres qu'il nous est arrivé d'utiliser, soit pour lancer à la fois deux ou trois de ces cerfs-volants, soit pour mettre toute la longueur sur un seul et battre nos records d'altitude.

Les lancements avaient lieu dans les prés ou les champs avoisinants, après les récoltes. Il est bien sûr arrivé qu'un nœud de la ficelle (elle n'était jamais d'un seul tenant!) lâche en plein vol, et que nous soyons obligés de lancer des recherches jusque dans les bois pour retrouver le cerf volant qui nous avait échappé ; certains se sont aussi perdus par vent trop fort.

Il y avait des vols plus sophistiqués, avec deux appareils l'un au dessus de l'autre, ou alors, à partir de schéma de Système D encore une fois, avec un dispositif de largage de parachutes, qui grimpait en glissant le long du fil, et se déclenchait en altitude en butant sur un morceau de bois.

Passant beaucoup de notre temps dehors, tous les quatre, nous connaissions toute la campagne au sud du bourg : quel champ appartient à qui ; quelle culture est en cours ; quels sont les passages au travers des buissons et les échaliers[60] qui permettent de les franchir ; où sont les frênes pour les arcs, les noisetiers pour les flèches, les cormiers pour en récupérer les fruits et les mettre à blettir ; où sont les vignes où il reste du raisin à grappiller après les vendanges.

Dame nature se montrait généreuse et fournissait les matériaux pour fabriquer nombre d'objets ou jouets : galles[61] des chênes pour jouer aux billes, glands pour faire des boucles d'oreilles ou des troupeaux d'animaux avec des pattes en allumettes, tiges de fougères pour figurer des vaches, joncs pour tresser des chaises...

Après les fortes pluies, c'étaient les expéditions « escargots » ; si c'était favorable, nous revenions avec plusieurs centaines, petits gris ou « demoiselles » à la coquille colorée que nous mettions à jeûner, avant de les déguster à la vendéenne, avec ail et pommes de terre.

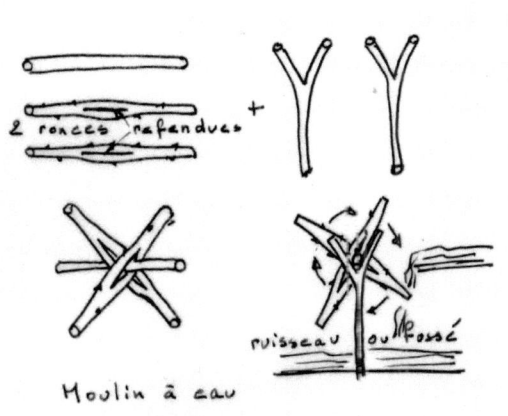

Lorsque les ruisseaux étaient pleins, nous suivions des bois mis à flotter dans le courant, ou disposions des moulins sommaires à l'occasion de chutes ou sorties de buses dans les fossés. Deux rameaux de ronce

---

60 Dispositif de clôture un peu haut, permettant le passage des personnes, mais pas celui des animaux.
61 Boules parasites causées par certaines variétés de guêpes.

fendus disposés en croix sur un axe de bois rond, le tout mis en place sur deux fourches enfoncées dans les rives du ruisseau, et voilà le petit moulin qui va fonctionner tant qu'il y a de l'eau !

Inutile de dire que nous rentrions rarement propres et secs de ces expéditions, au grand dam de notre mère. Il n'y avait pas de K Way ou d'imperméable ; chacun un sac de jute dont on rentre l'un des coins pour former une capuche, et c'est parti ! On rentre mouillé, on met le sac à sécher et puis c'est tout, l'important c'est de ne pas attraper froid.

Pour les périodes bateaux, il y a eu des modes de propulsion plus ou moins sophistiqués ; parfois avec hélice et moteur à élastique, ou à réaction avec un morceau de carbure dans une boite avec de l'eau produisant de l'acétylène qu'on dirige vers l'arrière par un petit tuyau.

Nous excellions dans la fabrication d'hélices : un morceau de bois de section carrée, pas trop dur, et en amincissant au couteau les deux extrémités, en diagonale et suivant des directions opposées, on obtient facilement une hélice pour un bateau, un avion, ou une girouette.

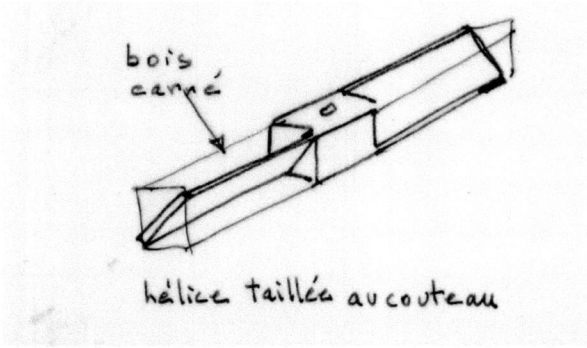

hélice taillée au couteau

L'adolescence a amené des projets plus aboutis. Yves a construit un modèle réduit de voilier, bien ventru, que nous avons essayé à la plage du Marais Girard, lors d'une sortie avec le patronage ; mais comme aucun de nous n'y connaissait quoi que ce soit en voile, heureusement que notre instituteur savait nager pour le rattraper quand il s'est éloigné. Quelques années pus tard, André a réalisé un modèle de yacht plus moderne, mais de même technique : bordé de planches de cageots sur membrures en contre plaqué.

Ces bateaux avaient une quille lestée de plomb, de récupération, bien sûr. Un sous marin allemand ayant fait naufrage à Brétignolles à la fin de la seconde guerre mondiale, des plaques de batteries se sont échouées pendant des années sur la plage. Nous les récupérions, faisions fondre le plomb, et le moulions pour faire des quilles de bateaux, des ancres, des masses d'équilibrage pour les avions, des plombs de pêche, etc... Pour ces manipulations nous utilisions le feu dans la cheminée de la « vieille chambre » qui nous servait d'atelier de fonderie.

A certain moment nous avons trouvé intelligent de fumer de la barbe de maïs. Notre père ne fumait pas, mais nous voulions essayer. Nous avons fabriqué des pipes avec le fourneau en bois, le tuyau étant le plus souvent constitué d'un tube de stylo. Pour le « combustible » pas de problème, à la bonne saison nous trouvions toujours dans les environs un champ de maïs proche de la maturité ; il suffisait de prendre la barbe de filaments qui surmonte les épis et de la faire sécher.

Bien sûr, nous ne conservions pas ce matériel à la maison de crainte qu'il ne soit découvert par les parents aussi nous avions des cachettes dans certains buissons du voisinage. Pour allumer nos pipes, pas besoin d'allumettes, de toutes façons il aurait fallu les prendre à la maison, ce qui aurait été certainement découvert ! C'est donc avec le soleil et une loupe que nous allumions, parfois même avec un verre de mes lunettes, mais c'était plus long. Cette expérience n'a pas été concluante et a été vite abandonnée, la fumée de barbe de maïs étant plus acre que parfumée, et quand le tube en plastique qui servait de tuyau chauffait et commençait à ramollir, il dégageait une odeur et un goût très désagréables !

De toutes ses activités, dont certaines auraient pu être dangereuses, comme lorsque nous partions escalader des arbres dans la campagne, équipés de cordes, jamais nos parents n'ont eu à déplorer d'accidents, fractures, brûlures graves ou autres. Une vraie chance !

Les déplacements.

Dans les années cinquante donc, peu de voitures individuelles. C'est avec la première moitié des années soixante que certaines familles vont s'équiper de petites automobiles, d'occasion le plus souvent. Loin de nous l'idée qu'un jour chaque foyer puisse posséder ce moyen de transport, en plusieurs exemplaires même, ce qu'à juste titre nous croyions réservé à la « haute ».

Cela étant, il ne faut pas croire que nous ne nous déplacions pas. Certes notre rayon d'action était limité, nous allions à la mer, voir les grands parents à la Trévillière ou à la Nizandière, en fait nous visitions la proche famille. Aller à la ville, les Sables d'Olonne le plus souvent, restait assez exceptionnel.

D'abord, les déplacements à pied. Outre les allers-retours au bourg quasi quotidiens pour l'école ou quelque course, nous allions à pied jusqu'à la Nizandière, cela faisait trois kilomètres environ, et c'était souvent la balade du dimanche après-midi (après les vêpres, bien sûr, nous en reparlerons).

A pied toujours, les sorties du jeudi avec le « patronage », sorties qui nous amenaient pratiquer des jeux de plein air dans les écarts ou les fermes éloignées du bourg. Quand il s'agissait d'aller à la mer, nous partions en groupe, avec le pique nique du midi, c'était la remorque à tout faire du père Octave qui servait à transporter tous les sacs, et les plus petits qui étaient fatigués, au retour.

Les visites à la famille se faisaient généralement à vélo. Je ne me souviens pratiquement pas de sorties avec la moto de notre père. Je pense qu'il l'utilisait seul, ou avec un des aînés sur le siège passager. Puis il en a abandonné l'utilisation, je ne sais pas pourquoi, et la moto a été remisée, immobilisée, après que les roues aient été prélevées pour la remorque. Elle a fini sa carrière démantelée par notre frère Yves qui a essayé de la transformer en motopompe en la faisant fonctionner avec un mélange essence-gasole !

Au tout début, deux vélos pour les parents, et la remorque accrochée à celui de notre mère, qui portait les quatre garçons, bien emmitouflés en hiver. La remorque multi-fonctions pouvait aussi être transformée en abri à la manière des chariots du Far West, au moyen d'arceaux en fil de fer et d'un drap disposé par dessus. J'ai encore en mémoire, je devais avoir deux ans, d'avoir souvent fait la sieste sur la plage de Brétignolles, confortablement installé dans cet équipage.

Puis, en grandissant, Yves a pu avoir son propre vélo et soulager notre mère. Pour moi, Octave adaptait sur le cadre du sien, devant lui, une petite selle à ma taille, avec des repose-pieds, et j'adorais quand nous nous roulions ainsi ; c'était tellement plus agréable de voyager face à la route plutôt que sur un porte-bagages où l'on ne voyait que le dos de celui qui pédalait. Pendant ce temps, notre mère n'en avait plus que deux dans la remorque !

Ces sorties nous amenaient à Brétignolles, Brem, l'Aiguillon-sur-Vie, voir les oncles, tantes et cousins, et jusqu'à

Saint Gilles où s'était établie Tante Jeanne, la sœur cadette d'Henriette, avec sa progéniture qui avait à peu près les mêmes âges que nous. Bien sûr, les vélos n'avaient pas de changements de vitesses, et dans les côtes il était nécessaire de mettre pied à terre et de continuer en poussant la bécane.

Il m'est aussi arrivé d'accompagner notre père à vélo quand il allait mensuellement recouvrer sa pension d'invalidité auprès du percepteur, à Coëx, petite bourgade située à une douzaine de kilomètres. Cela nous faisait une belle sortie « entre hommes » que j'appréciais particulièrement, car après avoir touché son pécule, nous faisions une halte dans un bistrot ; et si Octave se régalait d'un petit ballon de rouge j'avais droit, moi, à un verre de limonade !

La théorie de sécurité routière qu'appliquait notre père voulait qu'en tant qu'usager, fût-il cycliste, il avait droit à la moitié de la largeur de la route ! Les automobilistes, et heureusement qu'ils étaient rares à l'époque, avaient beau klaxonner à tour de bras pour nous dépasser, il ne lâchait rien de son droit d'occupation !

Ce n'était quand même pas toujours très drôle de se déplacer ainsi, en particulier en hiver, avec les intempéries et la nuit qui pouvaient nous surprendre. Je me souviens très bien d'un premier janvier, de retour de Brem où nous étions allés présenter nos vœux à la famille, où la nuit et la pluie nous ont rattrapés en haut de la côte du Brandeau alors qu'il restait quelques kilomètres à parcourir, au seul éclairage de nos dynamos. Par chance, il n'y a pas eu de crevaison ce soir là ; elles n'étaient pas rares pour autant.

A propos de vélos et d'autos, nos chers gouvernants n'avaient pas encore eu l'idée de génie d'inventer la vignette automobile, ce sera le cas en 1956 pour alimenter un Fonds National de Solidarité. Mais il existait depuis 1893, et cela a perduré jusqu'en 1958-59, une taxe sur les vélos ! Le payement en était justifié avant guerre par une plaque métallique millésimée qui se fixait au cadre, puis par un simple timbre fiscal, enfin par un formulaire papier nominatif. Son coût était de dix francs pour chaque année.

Il fallait être en mesure de produire aux gendarmes à tout moment le précieux document, et pour être sûr de ne pas l'oublier, il était souvent glissé dans la tige de la selle, ce qui ne le rendait pas forcément plus facile à présenter.

En ce qui me concerne, il m'a fallu attendre mes sept ans pour apprendre à faire du vélo, car nous n'avions pas de petit modèle adapté à ma taille. L'apprentissage se faisait sans petites roues et pouvait s'avérer assez long avant d'être lâché seul. Par la suite, avec l'assurance, nous utilisions même les vélos d'adultes, en danseuse, et le corps passé dans le cadre s'il s'agissait d'un vélo d'homme.

Une des sorties préférées de notre père était le passage du Tour de France ou du Tour de l'Ouest[62]. Certes il est arrivé que l'une ou l'autre de ces courses cyclistes passe devant la maison, mais ce n'était pas le cas tous les ans. Suivant le tracé de l'année, nous partions donc, à vélo bien sûr, pour nous positionner sur le parcours au bord de la route et regarder passer la caravane publicitaire, qui distribuait journaux, calots en papier et casquettes, en attendant les concurrents. Et nous cassions la croûte sur le bas côté avant de reprendre le chemin du retour après le passage des coureurs, sans manquer, si l'opportunité s'en présentait, de rendre visite à quelque membre de la famille.

Pour aller aux Sables, nous prenions l'autocar du

---
62 Le Tour de l'Ouest est une ancienne course cycliste par étapes disputée dans l'ouest de la France entre 1931 et 1959, sauf interruption pendant la seconde guerre mondiale

transporteur, Pierre Praud. Deux fois par semaine, le mercredi et le samedi matin, ce véhicule de trente à quarante places assurait le service pour aller au marché en ramassant au passage les fermières qui allaient vendre leurs produits aux halles centrales.

Il suffisait de se poster au bord de la route et de faire signe au conducteur pour monter à bord. Cela étant, la vingtaine de kilomètres à parcourir pouvait prendre largement plus d'une heure, car le trajet n'était pas direct et les arrêts nombreux ; au moins jusqu'à Brem, chaque ferme était desservie. Notre grand mère Augustine de la Nizandière s'avançait à pied jusqu'à la route des Abattis pour rejoindre le car qui lui permettait d'aller vendre son beurre aux Sables.

Le terminus était Cours Dupont où se déroulait deux fois par semaine la foire où les commerçants ambulants déballaient leurs marchandises. Le rendez-vous pour le retour était fixé à midi et le trajet retour reprenait les mêmes arrêts et la même lenteur que l'aller.

Il existait un autre service régulier, les Autocars Citroën. Sous cette marque un très important réseau de transport de voyageurs par autobus de ce constructeur a existé sous des statuts divers jusqu'au milieu des années 1970. Dans les années cinquante et début des années soixante, Landevieille était desservie par la ligne régulière Nantes-Legé-Les Sables, avant que la mise en service de la route côtière par Saint Gilles ne détourne le réseau en Nantes-Challans-St Gilles-Les Sables. Les Autocars Citroën étaient reconnaissables à leur long capot fuselé et à leur livrée bicolore de deux teintes beige et marron, et le voyage était plus rapide que le trajet des mercredis et samedis avec le car de Pierre Praud !

En théorie, l'arrêt officiel des Autocars Citroën se situait à la Poste, à l'autre bout du bourg, mais comme nous étions des usagers assez réguliers, notre père avait sympathisé avec le chauffeur qui nous prenait et nous laissait au Moulin, devant la maison.

Nos voyages périodiques vers les Sables étaient motivés par des raisons de santé. Compte tenu de la maladie respiratoire de notre père, et de l'épidémie de tuberculose qui était toujours latente, nous faisions l'objet d'un suivi particulier par le dispensaire de l'hôpital des Sables. Là une doctoresse nous recevait et nous soumettait aux examens radio de dépistage et vaccinations nécessaires. Je n'étais pas bien grand quand j'ai été vacciné pour le BCG[63] mais je me souviens que je n'étais pas d'accord et que j'ai manifesté bruyamment mon opposition , tout le dispensaire résonnant de mes pleurs et de mes cris!

Lorsque les horaires nous en laissaient le loisir, nous en profitions pour faire une promenade sur le Remblai[64] et un retour vers la gare en traversant la ville ou en passant voir le port de pêche. Il arrivait aussi que nous emportions le repas de midi ; nous le prenions dans un petit bistrot situé entre l'hôpital et le remblai qui accueillait les clients « avec leur panier ».

Un autre motif de nos déplacements aux Sables était les visites chez l'oculiste. En effet, depuis ma tendre enfance, j'avais développé un strabisme important de l'œil gauche qui m'a valu de porter des lunettes à partir de mes trois ans. J'étais toujours très impressionné lors de ces consultations au cabinet du Docteur Élie, installé dans une maison « bourgeoise », rue de la Tour, près du Remblai.

J'ai souvenir de ce praticien comme un homme d'une

---
63 BCG : Bacille de Calmette et Guérin
64 C'est ainsi qu'on appelle aux sables d'Olonne la promenade piétonne qui longe la grande plage.

grande gentillesse, bien que d'un milieu social si différent du nôtre. Au fil de ces examens, j'avais fini par connaître le tableau de lecture de loin par cœur.

Après la visite chez l'oculiste, il fallait passer par la boutique de l'opticier près des Halles, place de la Résistance, qui dominait la baie et faisait face au « grand magasin » des Sables : les Nouvelles Galeries, source d'émerveillement pour les gens de la campagne que nous étions.

Pour corriger mon strabisme, il m'a fallu pendant longtemps porter au moins une heure chaque jour un cache en caoutchouc noir qui adhérait à mon verre droit, et forçait l'œil gauche, ce fainéant, à « travailler ». Ce traitement, complété de quelques exercices d'orthoptie, s'est révélé efficace puisqu'avec les années mon strabisme a disparu et je n'ai plus porté de lunettes que pour corriger la myopie dont mon œil gauche restait atteint.

Le port des Sables n'était alors quasiment que port de pêche et de commerce. L'actuel bassin de plaisance de Port Olonna n'existait pas[65]. A la place du Centre de Marée, qui a été construit au début des années soixante, s'étendait une vasière marécageuse presque jusqu'à la voie ferrée, où pourrissaient nombre de coques en bois désarmées. Les bateaux de pêche, chalutiers et thoniers hauturiers, ou sardiniers sortant à la journée, étaient pratiquement tous motorisés ; les embarcations de plaisance, à voile ou à moteur, étaient très peu nombreuses, le temps n'était pas encore à la navigation de loisir.

Depuis le quai Garnier Franqueville, côté ville, la vue était directe en face, sur le grand plan incliné où les bateaux venaient pour s'échouer à marée basse et procéder au carénage. En partie haute de cet espace, plusieurs chantiers

---
65 Il sera inauguré en 1979.

navals étaient actifs et les unités en construction, essentiellement en bois à cette époque, laissaient voir toutes les étapes d'avancement des ouvrages de charpente marine.

Nous profitions aussi de ces voyages pour rendre visite à deux des frères et sœurs de notre grand mère Clarisse :, la tante Prudence, qui vivait seule près de la gare, où nous devions reprendre l'autocar, ou l'oncle Auguste, ancien douanier et veuf. Il nous amusait toujours beaucoup avec sa façon de déboucher une bouteille de vin en la tenant la tête en bas, le tire bouchon coincé sous le pied, réussissant la manœuvre sans répandre le précieux liquide au sol !

A la fin de la première semaine de décembre se tenait sur le Cours Dupont, aux Sables, la « Foire aux Voleurs », sorte de braderie qui rassemblait sur trois jours, du vendredi au dimanche, commerçants du cru, camelots et fête foraine. Il arrivait que nos parents s'y rendent, mais les affaires y étaient elles aussi bonnes que la réputation le disait ? Le débat reste ouvert sur l'origine de la dénomination de cette manifestation qui remonterait au treizième siècle. Les fameux « voleurs » sont ils les commerçants, cette foire se déroulant autrefois de nuit ? Ou s'agit-il des Sablais, qui auraient « volé » cette foire aux Chaumois, le lieu de cette manifestation se situant à l'origine sur l'autre rive du chenal d'accès au port?

Pour d'autres déplacements, il fallait parfois faire appel à une famille qui possédait une automobile. C'est ainsi que je me souviens d'une visite à notre tante Yvette, qui venait de s'installer en ferme à Challans avec son mari. Pour cette sortie, c'est le cousin Fernand qui nous a conduit avec une grosse Vedette familiale de neuf places. Parfois, c'était avec la 203 camionnette du maçon, Olivier Lucas ; les parents avec le chauffeur sur la banquette dans la cabine, et nous , les enfants, sur des bancs dans la benne bâchée. Les règles de sécurité routières étaient à l'époque plus souples que maintenant et il faut dire que si les routes étaient en moins bon état, les vitesses étaient plus faibles et la circulation de voitures particulières quasi inexistante.

Pour prendre le train, j'ai attendu d'avoir neuf ans, je crois. Il faut dire que la gare la plus proche, sur la ligne de La Roche sur Yon aux Sables était à Olonne sur mer, soit à une douzaine de kilomètres de Landevieille. Notre père devant se rendre à La Roche pour un congrès des « Blessés du Poumon » et alors que mes frères étaient déjà en pension, nous sommes partis un dimanche matin, à vélo, jusqu'à la gare où nous avons pris le train pour La Roche ; et retour le soir.

La ligne était assurée par des autorails diesel qu'on appelait « Michelines [66] » ou pouvait aussi être desservie par des trains à vapeur avec leurs énormes locomotives noires impressionnantes[67]. Au titre de sa pension d'invalidité, notre père bénéficiait d'une réduction de soixante quinze pour cent sur le tarif SNCF, et nous, la famille bénéficiions de quarante pour cent de réduction (famille « nombreuse » de quatre enfants).

A part donc nos escapades aux Sables, et notre visite à la Roche, de mes dix premières années, je dois dire que je ne savais pas ce qu'était une ville. Pas de télévision, peu de photos dans les journaux, et encore étaient-elles en noir et blanc. Que pouvaient donc évoquer pour moi les noms de Nantes, Bordeaux, Paris ? Je n'en ai plus la moindre idée, est-ce qu'un monde différent de celui que nous connaissions

---
66 Parce que les tout premiers modèles de ces autorails étaient équipés de roues gonflables avec des pneus de marque Michelin.
67 La SNCF a arrêté l'exploitation de la traction à vapeur pour le service passagers en 1972.

à Landevieille pouvait exister ? Certes, nous le savions par l'école, mais quel imaginaire pouvions nous mettre dessus ? Alors que les nouvelles du monde nous parlaient de la guerre d'Indochine, de Dien Bien Phu, Hanoï et Saïgon et que débutaient les « événements » d'Algérie.

La Trévillière – Brétignolles.

Si nous avons gardé un attachement particulier à Brétignolles, mes frères et moi (au point qu'ils y possèdent tous les trois une résidence secondaire), cela est dû en partie à la personnalité de nos grands-parents Berthomé, et aux nombreux moments de réel bonheur que nous avons partagés, en famille et en bord de mer, jusqu'à notre âge adulte et de jeunes parents.

Le grand père, Alexis - ou Henri, il répondait à l'un ou l'autre de ces prénoms, même de la part de son épouse - était né en 1889. La fin de son service militaire de trois ans avait coïncidé avec la déclaration de la première guerre mondiale, ce qui lui avait valu de passer les sept plus belles années de sa jeunesse sous les drapeaux, et en particulier dans l'enfer des tranchées.

Il en était revenu très marqué par la boucherie à laquelle il avait survécu, et disait à qui voulait l'entendre qu'il ne voulait pas de garçons, pour qu'ils aient à connaître l'horreur qu'il avait côtoyée et servent de « chair à canon ». Il s'est marié après sa démobilisation, et effet du sort ou de la chance, avec notre grand-mère ils auront deux filles !

Je garde de notre aïeule Clarisse l'image d'une grande femme, plutôt sèche dans son allure, perpétuellement habillée de noir (avec parfois la fantaisie d'un tablier gris!). Elle portait en permanence les cheveux séparés en deux bandeaux plaqués sur le front et enfermés dans une résille noire. Elle ne serait pas sortie sans sa coiffe de coton blanc empesé, coiffe paysanne des plus simples qui n'avait rien à voir avec la coiffe élancée de dentelle des Sablaises.

Quichenotte

Pour les travaux d'extérieur, comme toutes les femmes de la campagne, et même notre mère quand elle allait aux champs, elle portait la « quichenotte [68] » pour se protéger du soleil.

Au tout début des années cinquante, nos grand parents exploitaient une borderie de quelques ares au cœur du hameau de la Trévillère de Brétignolles (à environ un kilomètre de la mer). Pour tout cheptel ils possédaient une seule vache ; laquelle vache servait aussi de bête de trait et pouvait être associée avec un mulet ou un cheval de prêt, pour un attelage mixte pour le labour par exemple.

Ils y ont cohabité avec nos parents jusqu'en 1945, dans deux pièces à rez de chaussée, avec la remise faisant office

---
68 L'une des origines possibles du nom de cette coiffe à volets latéraux rigidifiés par des plaques de carton, utilisée dans les campagnes pour se protéger du soleil, viendrait de la Guerre de Cent Ans et de l'anglais « kiss me not », tant il est vrai qu'il est quasiment impossible d'embrasser la jeune fille qui la porte !

d'étable de l'autre côté de la cour. Lorsque notre grand-père a fait valoir ses droits de retraite du monde agricole, peu de temps après que nous ayons emménagé dans la maison du Moulin, ils ont fait remettre en état une petite maison, avec un jardin, au cœur du même hameau.

Elle comportait une minuscule cuisine toute en longueur avec la cheminée à droite en entrant, et une grande chambre. Au fond de la cuisine l'évier en ciment était équipé d'une petite pompe à main, en cuivre, qui alimentait l'habitation en eau « courante » depuis le puits voisin.

Peu de confort donc, les WC extérieurs et une dépendance à usage de cave et remise pour les outils du jardin ; au début des années soixante, ils ont fait agrandir d'une pièce dans laquelle ils nous recevraient, plus tard, lors de nos visites dominicales.

Même si nous allions régulièrement à Brétignolles pour « voir la mer », la Trévillière était un de nos buts privilégiés de visites et il était fréquent qu'après notre trajet à vélo depuis Landevieille, nous partions, à pied, avec les grands-parents, jusqu'à la côte, voir les falaises du Prégneau, le « Rocher Sainte Véronique », ou le « Four à Cateau », grotte taillée dans la falaise par les vagues. Là encore, comme du côté du Marais Girard, les constructions étaient quasi inexistantes et le paysage n'était que de la dune côtière qui s'achevait sur les falaises de gneiss et de schistes.

Ces dunes n'étaient toutefois pas inoccupées. En s'y promenant, on y trouvait ce qu'on appelait des « mottées ». Il s'agissait de petites parcelles, terrassées et aplanies en creux dans le paysage, cultivées en potager le plus souvent, ou en vigne. Bien abrités entre des levées de sable, ces espaces au sol sableux et meuble étaient amendés au moyen de goémon ramassé sur la plage.

Les photos aériennes de l'époque montrent très clairement ce maillage de mottées, remplacées depuis par les parcelles construites de résidences secondaires. Il se disait que pendant la guerre la propriété d'une mottée pouvait s'échanger contre une paire de pneus de vélo ! Actuellement encore, dans les rares zones qui ont échappé à l'urbanisation, on peut retrouver les traces de ces anciennes parcelles cultivées, sous la forme de vignes revenues à l'état sauvage.

En rentrant de ces promenades, c'était l'heure de boire un coup pour les adultes, vin « bouché » ou liqueur maison de noix ou de pêche. En tant que filleul et petit dernier, j'avais le privilège de manipuler le tire-bouchons à vis que j'ai, depuis, reçu en héritage. Nous, les enfants, nous régalions des gaufres à pâte dure que notre grand-mère fabriquait et qu'elle conservait dans une boite métallique.

C'est de ces visites dominicales que j'ai le souvenir de premiers jouets, voitures ou charrettes, faits d'une betterave, avec quatre roues de rondelles de même nature, enfilées sur des bois ronds, et parfois l'attelage de deux bœufs faits chacun d'une patate.

En se retirant du monde agricole, Henri-Alexis n'avait abandonné ni totalement la terre, ni son travail de journalier. Il se louait, à la journée, pour l'entretien des jardins de quelques villas (elles étaient rares, mais cela n'allait pas durer!) ou de colonies de vacances installées dans les dunes de la Parée.

Outre le jardin devant la maison, il avait conservé une parcelle de trois à quatre ares qu'il appelait son « verger », proche du chemin qui mène au Château de Beaumarchais, où il cultivait ses légumes ; et une autre, de vigne, d'une dizaine d'ares, sur le chemin des Morilles.

Les vendanges ne se seraient pas faites sans nous et mobilisaient aussi une aide du voisinage. Il fallait emprunter la charrette et le mulet de « Marie Gaz », qui prêtait aussi son chai et son pressoir. Le bourricot n'était pas d'un caractère facile, et n'obéissait bien qu'à sa maîtresse, mais quelle joie pour nous, les enfants, de partir avec la charrette, grimpés dans les bastes[69] vides pour rejoindre la vigne.

Contrairement aux vignobles actuels, palissés haut sur des fils de fer, les vignes de Vendée étaient à l'époque des vignes basses, sans palissage, les ceps développant leurs sarments au ras du sol, ce qui veut dire que la vendange se faisait le plus souvent à genoux ! Et s'il pleuvait c'était double peine, dans la gadoue. Pas question non plus de laisser sur place les grains qui s'échappaient des grappes parce que trop mûrs, tout devait être ramassé.

A midi, nous rentrions déjeuner avec un premier chargement qui allait être passé au fouloir et mis dans la cage du pressoir ; et que nous retournions pour l'après-midi terminer la récolte, laquelle ne durait en général pas plus d'une journée.

Les cépages étaient parfois un peu mélangés, une majorité de rouges, mais quelques pieds de la variété « Noah » subsistaient encore qui fournissaient le meilleur fruit pour la confiture : le raisiné. Ce cépage avait deux particularités : un grain rond à la peau épaisse qui pouvait résister à l'écrasement du pressoir s'il n'avait pas été préalablement éclaté, et une certaine teneur en éther[70] qui en avait fait interdire la plantation et l'usage dans les années trente.

Avant de rentrer sur Landevieille le soir, il fallait préparer la

---
69 Récipient de bois pour le transport de la vendange.
70 Plus exactement, le vin de Noah est riche en Méthanol.

pressée. Le pressoir de Marie était du type « à cage[71] ». Il fallait le remplir avec les grains éclatés au moulin-fouloir, puis une fois aplanie la surface du tas, disposer les portes, gros madriers de bois, puis les «gorets» et les «moutons», bastaings qui allaient répartir la pression entre les portes et le système de pressage à cliquets qui venait en tête de la vis centrale.

Puis, « tic-tac, tic-tac », le serrage se faisait dans le mouvement alternatif de la grande barre métallique et la chanson des cliquets. Celle-ci pouvait résonner jusque tard dans la nuit, car le pressage se faisait par sessions entre lesquelles la vendange pouvait s'égoutter une heure ou deux.

Nous revenions le lendemain pour vider la cuve qui s'était remplie pendant la nuit et transvaser le précieux liquide avec des seaux, à la brouette, dans la ou les barriques que le grand-père avait dans sa cave. Il fallait aussi enlever moutons, gorets, portes et cage, retailler le pourtour du gâteau, et refaire une seconde pressée pour que tout le jus soit bien égoutté.

Pas de vinification sophistiquée à la bordelaise comme nous la connaissons actuellement. Le raisin n'était pas égrappé avant le pressage (ce qui évitait qu'il s'échappe au travers de la cage), et la fermentation se faisait aussitôt dans les barriques qui avaient été préalablement lavées et soufrées. Les soutirages intervenaient au cours de semaines suivantes, suivant l'avancement du processus de vinification ; la lie était soigneusement conservée à part pour être distillée en eau-de-vie.

A la saison, nous répétions ces scènes de vendange et de pressage chez nos voisins de Landevieille. Pendant que nous
----
[71] Cage cylindrique faite de lattes de bois verticales sur des cercles de métal, entourant la vis du pressoir

étions à l'école, nos parents étaient sollicités pour aller faire les vendanges chez l'un ou l'autre (presque tout le monde, à l'époque, avait sa parcelle de vigne qui procurait la boisson pour l'année) ; et le soir, à nous les garçons le moulin-fouloir et la pressée, ce qui nous permettait de sortir après dîner pour les derniers coups de serrage avant la nuit.

Un de nos vieux voisins, veuf, le père Auguste Thomas, avait pris notre père en sympathie, entre autres pour ses connaissances de la culture et de la vigne. Je crois qu'ils avaient un accord de moitié sur la récolte de son lopin dont notre père, avec notre aide, assurait une partie de la taille et de l'entretien. Il faut dire que ses propres enfants avaient émigré en Charente et qu'ils étaient peu présents pour donner le coup de main nécessaire à leur vieux père. Lors de leur rares visites, ils nous faisaient toutefois bien rire avec leur drôle d'accent et leurs locutions charentaises.

Son pressoir avait la particularité de n'avoir pas de cage, il se composait de la seule vis centrale, encastrée dans une dalle de béton entourée d'un muret. Il fallait donc faire tenir la pressée pour qu'elle ne s'écrase pas latéralement sous la seule pression des portes et des « gorets ». Pour cela la vendange était mélangée à de la paille qui assurait la tenue du gâteau de raisin et de rafle, et la retaille du pourtour de la pressée devait intervenir plusieurs fois.

Les vins rouges obtenus par pressage direct étaient plutôt pâles. Une certaine année notre père a voulu faire « à la bordelaise » (n'oublions pas qu'il avait fréquenté Bordeaux lors de son apprentissage de cordonnier). Il a donc laissé macérer toute une nuit la vendange dans son premier jus de foulage, pour en extraire les tanins, ce qui lui a permis d'obtenir une cuvée d'une robe nettement plus colorée.

Je ne m'attarderai pas sur l'état des barriques qui étaient

utilisées et n'avaient rien à voir avec la rotation annuelle d'un tiers de barriques neuves telle que pratiquée dans les châteaux du Bordelais. Elles étaient pour la plupart complètement « cuites » par l'usage, et si elles se révélaient fuyardes, on les rapiéçait par des réparations de fortune, avec un espèce d'enduit mou et une pièce métallique clouée, (parfois un couvercle de boite de conserve).

Les bouteilles aussi étaient de récupération, en particulier l'oncle Auguste, le douanier sablais, nous apportait des bouteilles vides de grands vins récupérées je ne sais où, et que nous réutilisions en prenant soin de ne pas trop abîmer les étiquettes ! J'ai ainsi le souvenir de bouteilles de « Pouilly Fumé » et « Pouilly Fuissé » dans la cave de notre père, et qui ne contenaient en fait que le fruit de notre récolte locale.

Une année notre père a eu l'idée de fabriquer de la « piquette ». Si ce mot désigne aujourd'hui un mauvais vin, c'était autrefois une boisson économique peu alcoolisée obtenue en laissant macérer dans de l'eau la râpe - mélange des peaux, pépins et restes de rafle - qui contient encore un peu de jus après le pressage du raisin. Après fermentation, le résultat n'a pas dû le convaincre car il n'a pas réitéré l'expérience et est vite revenu à sa boisson habituelle plus colorée (et un peu plus alcoolisée !).

Après cette digression viti-vinicole, revenons à la Trévillière. Pendant que le grand-père s'occupait de son verger et de sa vigne, ou allait à la pêche à pied, la grand-mère Clarisse n'était pas oisive, loin de là ! A la saison de la sardine, elle travaillait à « l'usine ». Tous les après-midis, après que les bateaux de Saint Gilles aient débarqué leur pêche du jour, un autobus arrivait dans le hameau, à grands coups de klaxon, pour rassembler les femmes qui allaient passer la fin de la journée à préparer et mettre en conserve les précieuses sardines.

Elles allaient travailler à Saint Gilles, chez Gendreau[72] entre autres, et la main d'œuvre de la campagne, travailleuse et disciplinée, était appréciée car moins revendicatrice que celle de la ville. Il faut dire qu'il avait fallu quelques conflits sociaux durs pour en arriver à un salaire horaire pour ces ouvrières, en lieu et place d'une rémunération à la pièce, « aux mille », pratiquée auparavant.

Souvent nous aussi, nous allions vers la côte de Brétignolles pour les parties de pêche à pied. L'emploi du temps de notre père n'étant pas contraint, c'est à peu près une fois par mois que nous profitions des grandes marées pour aller ramasser berniques, bigorneaux, quelques oursins et toutes sortes de crabes, dont les fameuses étrilles[73] dénommées localement « balleresses ».

Nous partions le matin, à vélo bien sûr, pour un horaire de basse mer vers midi, en emportant le casse croûte. Les vélos étaient laissés au Marais Girard, chez Samson comme nous l'avons vu, ou si nous avions la remorque, ils étaient laissés en évidence en haut de la dune. Le coin de pêche préféré de notre père se situait aux « Grands Sauts », pratiquement face au « Corps de Garde » dont les ruines subsistent encore sur cette portion de littoral entre le Marais Girard et la Parée.

Pour arriver jusqu'aux Grands Sauts, rochers qui n'étaient accessibles qu'aux grandes marées basses, il fallait suivre le flux descendant, en utilisant une sorte de trace sur les rochers

---

72 Conserverie réputée de Saint Gilles, qui distribue encore ses conserves de sardines, entre autres sous la marque « La Perle des Dieux »
73 L'étrille est un crabe de taille moyenne, avec une carapace duveteuse gris-brun. Outre ses qualités gustatives, sa particularité consiste dans l'aplatissement des extrémités de sa cinquième paire de pattes qui lui permet de nager sur de courtes distances.

qui émergeaient à peine, trace formée par les générations de pêcheurs à pied qui avaient emprunté ces passages. Une fois sur place, le terrain de pêche était favorable et nous nous y adonnions jusqu'à ce que, à un endroit de passage donné, nous voyions le courant descendant s'inverser en courant montant. C'était alors le moment de penser à rejoindre le bord pour ne pas se faire prendre par le flux.

En revenant, nous lavions et triions notre collecte dans des courants d'eau propre, et récoltions quelques touffes de goémon qui allaient conserver notre pêche au frais. C'était alors l'heure du pique-nique, jamais sur le sable notre père ne le supportait pas, c'est donc sur des rochers du bord que nous nous posions pour déjeuner.

Nous commencions bien sûr par manger quelques berniques toutes fraîches, avec pain et beurre. Pas de Tupperware ou autre boite en plastique pour ce denier, il avait voyagé et avait conservé sa fermeté dans un trou fait au couteau dans la mie de la miche de pain; pour boisson, de l'eau (sauf pour le père qui avait droit à son coup de rouge) transportée et conservée au frais dans une petite cruche de grès poreux.

Aux beaux jours, et lorsque le temps s'y prêtait, nous ne prenions pas de suite le chemin du retour, et pendant que notre père s'adonnait à une sieste sur une couverture, à l'ombre, nous pouvions profiter de la marée montante pour jouer dans les anciennes écluses à poissons ou les coureaux entre les rochers, en tentant de capturer quelques derniers crabes.

Pas question de s'étaler sur le sable, ni de se baigner pendant la digestion, il fallait attendre deux heures et demie pour avoir le droit de se mettre la peau au soleil, (et encore!) ou pour aller dans l'eau au delà du genou ! Et attention à la vague de bord, bien innocente cependant comparée aux rouleaux de notre océan du sud-ouest, qui pouvait nous faire « tourner la tête » !

Un bateau allemand s'était échoué près des Grands Sauts à la fin de la deuxième guerre mondiale[74], cette épave de ferraille a été visible il me semble jusque dans les années soixante. Quand nous étions gamins elle ne se recouvrait pas même à marée haute. Puis un ferrailleur du coin a pu en récupérer une partie, avec un véhicule semi-amphibie de son invention, en dégageant à l'explosif une sorte de piste dans les rochers pour pouvoir s'en approcher. La trace de cet accès marque encore l'estran aujourd'hui.

Je devais avoir neuf ou dix ans, je crois que mes frères étaient déjà partis en pension, quand avec les parents nous sommes allés récupérer sur cette épave une plaque de tôle qui allait servir de fond de cheminée. Nous sommes partis un matin bien gris avec chacun son vélo et la remorque derrière celui de ma mère pour une grande marée basse en fin de matinée.

On est allés jusqu'aux Grands Sauts, Octave et Henriette ont récupéré une bonne tôle d'acier sur l'épave, et l'ont portée tous les deux jusque sur la plage, je ne me souviens plus des dimensions exactes de la pièce, mais elle était bien lourde et ne rentrait pas dans la remorque. Alors, Octave a sorti son marteau et un burin, et sur le sable, il a coupé la tôle en deux, ce qui n'a pas été une mince affaire. Après cela, chargement dans la remorque et retour à Landevieille, la matinée avait été bien remplie !

Une preuve supplémentaire de l'attention que notre père portait à la récupération était, qu'outre son couteau affûté

---
74 A priori le dragueur de mines M-385 qui a fait naufrage le 15 août 1944

comme un rasoir qui ne le quittait jamais, il avait en permanence dans son portefeuille une scie manuelle portative. Elle était constituée d'un fil souple d'environ quarante centimètres de long, muni de dents et de deux anneaux, un à chaque extrémité (merci Manufrance), et lui permettait de débiter sur place un morceau de bois, un piquet, ou une planche qu'il jugeait apte à resservir.

Cela étant, bien qu'habitant en bord de mer, notre culture était de bons paysans terriens, et tout ce qui évoquait le monde maritime et les marins nous était étranger. Il est vrai que je n'ai jamais vu l'un ou l'autre de mes parents en short (chez nous on disait « culotte courte ») et s'aventurer dans l'eau au dessus du mollet !

Les jours de pêche, de retour à la maison, la collecte était triée, lavée, les bigorneaux et les crabes mis à cuire, et quelques assiettes de berniques données aux voisins en échange de quelque service rendu.

Pour les parties de pêche aux coquillages tels que coques, palourdes et lavagnons, nous allions dans les marais de la Gâchère, lieux bien connus du grand-père Berthomé, car il avait habité l'un des hameaux riverains, la Corde. Pour le coup, c'était les pieds et les mains dans la vase qu'il fallait fouiller et attraper à l'aveugle les coquillages qui s'y enfouissaient.

Ces espaces mi terre-mi eau, soumis au marnage de la marée qui remontait depuis le Havre de la Gâchère par le cours des rivières Auzance et Vertonne, étaient aussi utilisés comme élevages de poissons, mulets et anguilles. La ferme de la Salaire, tenue par une branche de la famille Guibert du côté de la grand-mère Clarisse, était réputée, en été pour les mulets qui constituaient le plat de poissons traditionnel des repas de battage, et en hiver pour les anguilles, capturées à l'époque des hautes eaux qui noyaient les marais.

Le mode de vie de nos grands-parents Berthomé était emprunt d'une certaine sérénité, entre leur petite maison, leurs jardins, et le voisinage de la mer. Je revois le grand-père dans son fauteuil[75], lisant son journal (pour lui, ce n'était pas Ouest France, mais le Courrier de l'Ouest), chauffant ses pieds nus et enflés par la goutte[76] devant leur cheminée où mijotait à petit feu le pot de fayots en tôle émaillée[77]. Je ne l'ai jamais vu au quotidien avec des chaussettes, mais toujours avec de la paille dans ses sabots !

Pendant ce temps, la grand-mère s'affairait devant son fourneau à quelque préparation culinaire économique, dont par exemple un ragoût de berniques, recette personnelle où elle remplaçait les morceaux de viande par des berniques décortiquées !

Je ne saurais clore ce chapitre sur nos grands parents maternels sans parler de notre tante Jeanne et de sa famille. Plus jeune que notre mère de deux années, et d'un caractère plus volubile et enjoué, elle s'était mariée, bien jeune elle aussi, à notre oncle René, ouvrier sans qualification particulière, ce qui n'était pas rare dans la société post-agricole de l'époque. Ils s'étaient installés dans une petite maison à l'entrée de Saint Gilles, en bord de route, et à deux pas de la rivière du Jaunay et des dunes quasi désertes du cordon littoral entre ce cours d'eau et l'océan.

Leur rendre visite était un de nos buts favoris de sorties à vélo car nous y retrouvions nos cousines et cousins dont les

---

75 Dont j'ai hérité, il est dans notre chambre de Maubuisson.
76 Merci pour la goutte Pépé, j'en ai aussi et je ne suis pas le seul dans la famille!
77 Qui trône maintenant sur le poêle à bois de Maubuisson !

plus grands[78] étaient à peu près de nos âges. Leur situation en bordure de la route reliant Saint Gilles aux Sables constituait un emplacement privilégié pour admirer les coureurs du Tour de France ou du Tour de l'Ouest qui empruntaient cet itinéraire plus souvent que celui passant par Landevieille.

Lorsque notre oncle était libre, il nous emmenait faire de grandes virées dans les dunes, dont il connaissait le moindre repli, jusqu'à atteindre la jetée d'entrée du port, avec retour en longeant la rivière. Il n'avait pas son pareil pour la chasse aux escargots et la cueillette des champignons dans cet environnement de sable, de végétation rase, et de pinèdes.

Il nous arrivait aussi de les rejoindre pour des parties de pêche dans les marais du Jaunay, derrière le château de Beaumarchais. Grenouilles, anguilles et gardons pouvaient s'attraper à la ligne, de fond ou à la canne, mais je doute que les coups de filets qu'il arrivait à notre oncle de lancer le long des rives en fin de journée aient été tout à fait dans les règles.

Autant notre père pouvait être réservé et sérieux, autant notre oncle était plus fantasque, et tant qu'il restait sobre, il pouvait s'avérer des plus agréables.

Je l'ai peut-être déjà dit, le grand-père Henri-Alexis était aussi mon parrain ; sans doute pour cela ai-je toujours eu l'impression d'avoir une relation privilégiée avec lui, bien qu'il manifestât la même affection à chacun de ses onze petits enfants.

---

[78] Renée, Janine et Jean. Les autres étaient plus jeunes : Yvon, Maurice, Louis, et Geneviève dont je suis le parrain.

La Nizandière – Brem sur mer[79]

La relation était un peu différente avec l'autre pôle familial que constituait la Famille Rabiller et nos grands-parents de la Nizandière. Cela était bien normal, car autant nous voyions nos grands-parents maternels dans une certaine intimité, limitée à notre famille, autant l'ambiance de la Nizandière était autre.

Outre le grand-père Aristide et la grand-mère Augustine, vivaient sur place la tante Radégonde, sœur aînée d'Octave, son mari Joseph Moinardeau, et leur famille nombreuse de dix enfants[80]. Lorsque nous six débarquions le dimanche après midi cela représentait quand même une assemblée potentielle de vingt personnes, même si les aînés, qui avaient quelques années de plus que nous n'étaient pas toujours présents.

Nous étions donc moins proches de nos grands-parents Rabiller que de nos grands-parents Berthomé. Etait-ce

---
79 Administrativement la ferme de la Nizandière est située sur la commune de Brem mais de fait, la famille Rabiller qui y résidait fréquentait quasi exclusivement le village de Landevieille
80 De mémoire, et dans l'ordre : Jean, Joseph, Marcel, Radégonde, Thérèse, Paul, Monique (née comme moi en 1948), Gabriel, Aristide et Bernadette

seulement une question de famille plus nombreuse, ou était-ce lié au caractère de nos aïeux ? Je ne saurais le dire.

Le grand-père Aristide était lui aussi un ancien poilu de la première guerre mondiale, il se disait dans la famille qu'il avait encore dans le dos un éclat d'obus, reste d'une blessure. C'était un homme grand, plutôt sec, d'un caractère droit et fier, qui s'épanchait peu, mais qui était « reconnu » comme on dit, parmi les chefs de famille et métayers des environs. Tout comme notre grand-père Berthomé, il ne fumait pas mais prisait, comme nombre d'anciens à l'époque, et avait toujours dans la poche une petite tabatière oblongue contenant la précieuse poudre de tabac.

La grand-mère Augustine, née Hermouet, était une petite femme plutôt ronde, elle aussi toujours habillée de noir, et portant la coiffe blanche du marais ou du pays d'Olonne. Elle avait un caractère assez autoritaire, et n'était pas réputée pour être facile.

Certes l'exploitation était plus importante, et la maison elle même constituait un vrai corps de bâtiment, mais quel contraste avec la Trévillère !

En arrivant, la cour de ferme était en fait le chemin qui desservait les divers bâtiments et espaces, et donnait accès à un certain nombre de parcelles cultivées en amont. En hiver, c'était un vaste espace assez boueux qui s'achevait sur la mare où s'ébattaient poules, oies et canards et servait d'abreuvoir aux bovins.

La maison proprement dite comportait deux grandes pièces à rez de chaussée au sol en terre battue, et les poules, chiens et chats avaient libre accès dans la plus grande, la pièce commune.

Celle-ci, en longueur, comportait en son centre la grande table familiale ; en pignon nord, l'imposante cheminée dans laquelle trônaient les fauteuils des anciens ; côté cour, une large armoire pour la vaisselle et une pierre d'évier, qui s'évacuait directement à l'extérieur ; face à la porte d'entrée, dans les deux angles de la pièce deux grands lits anciens, l'un pour les grands parents l'autre pour les oncle et tante, et au centre la pendule de type « comtoise », avec son haut coffrage de bois décoré.

Sur cette façade arrière une porte donnait accès à un jardin. A gauche de la cheminée, après la cuisinière à charbon, une autre porte donnait accès à la boulangerie, avec les réserves de vivres craignant le froid, et le four traditionnel qui se chauffait au bois. C'est aussi dans cette pièce que se situait la « mue », cage à poules aux barreaux de bois où les volailles étaient mises au grain quelques jours avant la vente ou l'abattage.

Les dix enfants se partageaient la deuxième pièce qui leur était chambre commune. Pas d'eau courante, pas de salle d'eau ou de commodités pour la toilette mais autant que je me souvienne, il y avait l'électricité, ce qui n'était pas le cas dans toutes les fermes, à l'époque.

Le grenier à l'étage était desservi par un escalier en bois qui partait de la salle commune

A l'arrière, la maison se complétait d'une dépendance plus récente, à usage de cave, avec le pressoir, et en pignon sud étaient construites les étables à cochons.

Au delà de la cour, d'orientation à l'ouest, était le bâtiment traditionnel de la grange avec sa nef centrale, remise de matériel et stockage de foin, et ses bas-côtés latéraux servant d'étable aux bovins, au nord pour les vaches, génisses et jeunes veaux, au sud pour les bœufs et taureaux. Le cheval avait droit à une écurie à part. Au total, je dirais qu'il y avait une trentaine de vaches, une douzaine de veaux, autant de bœufs, et un ou deux taureaux. Le fourrage était distribué directement depuis la nef centrale dans les râteliers qui surplombaient les mangeoires, et tout ce cheptel dégageait un tintamarre de chaînes, de raclements de sabots et de beuglements.

A l'ouest du chemin étaient les aires de battage et de stockage avec les grandes meules de paille et de foin qui devaient assurer le fourrage pour le bétail pendant tout l'hiver. Le poulailler et le jardin, potager et verger, étaient aussi desservis à partir de cet espace.

C'était une exploitation de polyculture et d'élevage d'une cinquantaine d'hectares au total ; principalement les céréales, blé, avoine, orge, le sarrasin et le mil, et les cultures fourragères pour le bétail, essentiellement betteraves et choux. Avec le peu de moyens mécaniques à disposition (je n'y ai pas connu de tracteur agricole de toute mon enfance), l'ouvrage ne manquait pas pour l'oncle, la tante et leurs aînés ; les grands-parents Rabiller ayant pour leur part, dans ces années cinquante, dépassé la soixantaine[81].

L'une des ressources économiques de l'exploitation était la fabrication et la vente du beurre, confectionné avec le lait produit sur place, et vendu pour partie aux halles des Sables d'Olonne.

La traite se faisait, matin et soir, à la main. Quand nous étions là, un de nos plaisirs de gamins consistait à goûter directement le lait au pis de la vache, et d'arroser nos cousines occupées à traire d'un jet en direct de la tétine.

---
[81] Le grand-père Aristide était né en 1882 à la Petite Sauzaie de Brétignolles

Le lait encore tiède était écrémé dans une centrifugeuse à main, ou écrémeuse, la crème recueillie était transformée en beurre avec une baratte en bois. Avant commercialisation, le beurre était salé, moulé dans des moules, eux aussi de bois, qui lui imprimaient un décor propre à chaque ferme. En été il était conservé au frais au niveau de l'eau dans le puits, au moyen d'un grand panier qui se manœuvrait depuis la margelle avec une corde et une poulie.

Chez nous toute la cuisine se faisait au beurre, et nous n'avions pas non plus de moyen de conservation par le froid. La grand-mère Augustine nous livrait les mottes de beurre tous les dimanches matin en venant à la messe, et une fois dans la semaine, l'un de nous se rendait à la Nizandière à vélo pour compléter l'approvisionnement si besoin.

La dégustation de la crème fraîche était une vraie gourmandise, soit sur une tartine (qui pouvait avoir été préalablement finement beurrée!) avec une couche de sucre en poudre, soit en nuage dans une tasse de café (il y en avait toujours une casserole au chaud sur le fourneau quand nous allions à la Nizandière).

Autre friandise dont notre grand-mère, d'origine maraîchine[82] conservait la recette jalousement : le véritable « flan vendéen[83] ». Il s'agit d'une pâte en croûte, peu ou pas sucrée, montée en forme de coupelle haute et cuite à l'eau, dans laquelle une préparation comparable à celle des œufs au lait est mise ensuite à cuire au four. Aujourd'hui, certains artisans locaux proposent encore cette pâtisserie locale et typique ; pour moi, un régal !

Le petit lait, sous produit de l'écrémage, servait à

---
82 Originaire du Marais Breton
83 En patois vendéen, c'est le « fion » !

l'alimentation des cochons, en complément des patates pour la cuisson desquelles une énorme marmite était pendue à la crémaillère de la cheminée de manière quasi permanente.

Lorsque nous rendions visite aux grands parents le dimanche après-midi, nos jeux dans les prés avoisinant les bâtiments de la ferme n'étaient pas toujours des plus intelligents. Je me souviens par exemple de batailles dans lesquelles nous utilisions les crottins de cheval comme projectiles ! Avantage : si ça salit et si ça pue, ça ne fait pas mal !

Nous adorions aussi grimper sur la meule de foin dans la grange[84], ou sur le pailler quand il était accessible, pour y jouer à cache-cache en nous enfouissant dans le fourrage odorant.

Le jeu de boules était un autre intérêt de nos visites dominicales à la Nizandière. Le « rouan[85] » était situé en bordure du potager, et nous n'y avions accès qu'avec des adultes. Les grosses boules en bois de chêne vert[86], d'environ un kilo, étaient conservées dans une barrique d'eau pour ne pas se fendre.

Le principe du jeu est semblable à la pétanque, consistant à s'approcher au plus près du « goret [87]» ou « maître » ; mais les boules touchant l'extrémité du rouan étaient éliminées, et les tirs se faisaient à la « roulette ». Le jeu se déroulait par

---
84 Le foin devait être stocké très sec et à l'abri, car s'il était rentré encore humide, l'élévation de température de la meule par la fermentation pouvait provoquer des incendies dévastateurs.
85 Le « rouan » est le terrain du jeu de boules vendéen, aire bien plane, d'environ vingt deux mètres par deux mètres cinquante, entourée de madriers de bois.
86 D'un diamètre d'environ douze centimètres, ces boules étaient bien grosses pour nos mains d'enfants
87 Le cochonnet de la pétanque

équipes de deux ou trois joueurs en treize points, marqués par des petites chevilles de bois sur une planchette perforée. C'était à cette époque un jeu très populaire dans nos campagnes, tout comme le jeu de palets. Ce dernier jeu, avec les palets de fonte, ou parfois de laiton, se jouait sur une plaque de bois, le plus souvent dans les caves, ce qui permettait aux gosiers des joueurs de ne pas se dessécher.

Début juillet nous venions participer aux moissons, qui ne se faisaient plus à la faux, ou à la faucheuse, mais avec une moissonneuse-lieuse tirée par deux bœufs. Cette moissonneuse de marque américaine, Massey-Harris, cumulait les tâches de coupe, de mise en gerbes, et de ligature à la ficelle de chanvre ou de sisal. Autant de travaux pénibles qui se faisaient auparavant à la main, comme la mise en javelles et la ligature de la gerbe au moyen d'une poignée de paille avec les épis noués.

La faux restait toutefois utilisée pour les entames de parcelles et les zones où la machine et son attelage ne pouvaient pas manœuvrer. Me reste en mémoire le geste large du faucheur, avec le chuintement de la faux qui tranche les tiges et le chant régulier de la pierre à affûter que chacun portait à la ceinture, dans une corne de vache. Les ébréchures du tranchant faites par les cailloux étaient éliminées lorsque nécessaire en battant la lame de la faux avec un petit marteau sur une « enclumette », fichée verticalement dans le sol.

Il nous restait à empiler les gerbes à la main en meules verticales, en prenant soin que les épis ne soient pas au contact du sol ; occasion aussi pour nous de glaner un peu de paille et de grain pour notre poulailler.

La culture des céréales ne se faisait pas « à plat » comme aujourd'hui, ce qui permet une mécanisation facile et efficace.

Les variétés de blé utilisées étaient souvent « d'hiver », donc semées avant les grands épisodes pluvieux, et la culture en sillons, si elle permettait un drainage naturel du sol, ne facilitait pas le travail de la moissonneuse-lieuse ; l'arrivée de la moissonneuse-batteuse mettra définitivement fin à la culture en sillons, mais nous n'en étions pas encore là !

Il n'était pas rare, en moissonnant, de découvrir au ras du sol des nids de perdrix ou familles de lapins, avec les petits qui n'avaient pu fuir, comme l'avaient fait les adultes effrayés par le bruit de la machine. Une bonne façon encore d'améliorer l'ordinaire.

Il fallait encore ramener les gerbes à la ferme, et les stocker sur l'aire de battage en meules ou « gerbiers » de dimensions impressionnantes suivant la quantité de la récolte. Toutes ces manipulations se faisaient à bras d'homme, à la fourche, à la charrette, et à la traction animale.

Il m'est arrivé, je crois en juillet 1960, de passer plusieurs jours à la Nizandière, notre mère ayant dû être hospitalisée pour une intervention sans gravité. Je me souviens du déjeuner du midi à la grande table familiale: soupe, un morceau de lard froid qui comportait plus de gras que de maigre avec des patates, et salade de pourpier sauvage (c'est plutôt amer!) à la vinaigrette! Rien à voir avec le soin que savait mettre Henriette pour la préparation de nos repas ! Plutôt frugal, mais avec un café et une petite sieste, c'était reparti pour l'après-midi dans les champs.

Venait alors, fin juillet et début août, le temps des battages. Ces journées étaient pour nous la plus grande occasion annuelle de rassemblement familial. Il n'était pas rare que l'ensemble des oncles et tantes y participent avec leurs enfants, chacun venant pour donner la main, les hommes au battage proprement dit ou au pesage, les femmes à la cuisine, au service ou à la vaisselle.

Outre la proche famille, les battages mobilisaient tous les jeunes hommes des fermes avoisinantes, qui pendant toute la période allaient de ferme en ferme « rendre » les journées que les voisins avaient eux mêmes mises à disposition dans un vrai système d'échange de main d'œuvre, sinon de solidarité. Car il fallait faire vite, la machine à battre et le tracteur, qui se déplaçaient de ferme en ferme, étaient propriété d'un entrepreneur (qui était aussi, souvent, céréalier lui-même), et qui se faisait rémunérer d'un prix « au sac ». Les battages devaient aussi se faire en évitant les épisodes pluvieux qui rendaient l'opération quasiment impossible.

Souvent tracté par des bœufs, le matériel de battage se mettait en place le plus fréquemment au petit matin : la batteuse elle même, aussi appelée « vanneuse », le monte-paille qui allait permettre l'élévation du « pailler », et le tracteur.

Je n'ai pas personnellement souvenir des batteuses entraînées par une machine à vapeur, ou « locomobile ». J'ai connu le bon vieux gros tracteur monocylindre de marque « Vierzon », de couleur verte, et la grande courroie qui reliait ce tracteur à la machine. Les deux poulies, motrice et réceptrice, devaient être parfaitement alignées pour éviter que la courroie ne dérape et ne décapite au passage quelque participant ou gosse qui traînait par là.

Si le passage de la locomobile à charbon au tracteur diesel avait limité le risque des incendies, le battage restait une opération éminemment dangereuse, car les roues, courroies et poulies de ces machines n'étaient pratiquement pas équipées de cages de sécurité et l'ambiance était saturée de poussière de matière combustible. Les accidents étaient, hélas, fréquents.

Une fois la machine en marche, dans le pilonnement du moteur monocylindre et le vrombissement des courroies, tamis, secoueurs et autres ventilateurs, c'était parti !

Les préposés aux gerbes jetaient celles-ci depuis la meule sur la machine où un homme tranchait les liens d'un coup de couteau et s'assurait que les tiges et épis s'engagent correctement dans le tambour-batteur. Ce poste était l'un des plus dangereux, avec le risque de se faire prendre les mains dans le tambour qui égrenait les épis.

A l'arrière, la paille était crachée dans le monte-paille, sorte de tapis élévateur sans fin ; la présence humaine était là aussi nécessaire pour remettre dans le circuit la paille qui pouvait s'échapper latéralement de la machine.

Enfin, sur le pailler, une équipe recevait et répartissait la paille afin que l'ouvrage soit le plus solide et le plus haut possible, tout en la disposant soigneusement pour que la pluie ne puisse pas y pénétrer. Toutes ces manipulations se faisaient à la fourche.

A l'avant de la machine, le poste d'ensachage et de pesée était plus calme, et souvent l'affaire des anciens.

Les différents postes de travail tournaient fréquemment, car le rythme était soutenu, et la soif intense, qui nécessitait de fréquents passages à la cave. Pour se protéger du soleil, compte tenu de la poussière et du risque de perdre le précieux béret, couvre-chef habituel, ce dernier était délaissé au profit du grand mouchoir paysan noué aux quatre coins, coiffure qui avait aussi l'avantage de pouvoir être rafraîchie rapidement en la passant sous l'eau à la pompe.

Dans la matinée, pendant que les femmes s'activaient à la

cuisine, Octave avait la responsabilité de chauffer le four à bois, dans lequel allaient être mises à rôtir les pièces de viande pour le repas de midi des « batteurs », dont le nombre pouvait atteindre quarante à cinquante .

Les grandes tables étaient installées dans la cave, à côté du pressoir, avec la porte largement ouverte par où allaient et venaient les travailleurs, pour boire un coup à la barrique, ou à l'heure du déjeuner.

Le menu de celui-ci était quasi invariable :
- soupe de légumes,
- poisson au court bouillon et vinaigrette, en général de beaux mulets noirs venant des marais de la Gâchère,
- rôti de veau ou de porc accompagné de patates,
- gâteau quatre quarts,
- vin rouge ou blanc à volonté,
- café avec le coup de gnôle .

Le service était de type continu pour les travailleurs, le tracteur et la machine ne faisaient pas de pause, surtout si la pluie menaçait.

Venait ensuite le service des femmes, des anciens et des enfants. A notre tour de nous installer, cousins et cousines de notre âge, pour faire honneur à ce qui restait du repas des batteurs ; pour nous c'était jour de fête !

Nous passions la journée à tourner autour de la batteuse, nous faisant rabrouer quand nous approchions trop près de la machine. Notre grand plaisir était de nous rouler dans le tas de balle[88] de blé, comme s'il s'était agi d'une baignade, après s'être fait cingler les cuisses et les mollets par le flux de balle que crachait le tuyau de sortie de la vanneuse.

----
88 Enveloppe du grain des céréales

Autre de nos occupations, compter et sauter sur les sacs de blé qui s'accumulaient en tête de la machine, après leur pesage sur la bascule romaine à plateau. Cette bascule nous permettait aussi de nous peser, nous les gosses, car les balances personnelles n'existaient pas encore dans les familles.

Comme le voulait la règle du métayage la moitié des sacs, constituant la part de récolte qui restait au métayer, étaient portés à dos d'homme pour être vidés sur le plancher du grenier, au dessus de la pièce commune. Nous admirions les grands et jeunes adultes costauds qui enlevaient d'un coup d'épaule ces masses de quatre-vingt kilos chacune et qui montaient l'escalier de bois, sans plus d'effort apparent que s'il se fut agi d'oreillers de plume.

L'autre moitié des sacs restait sur place, prêts à être emportés par le camion que le propriétaire de la ferme[89] allait envoyer, dès le soir même ou le lendemain, pour les enlever.

Les bonnes années, la récolte pouvait dépasser les quatre cents sacs de grain, ou vingt « boisseaux », et les battages durer deux bonnes journées. En fin de journée les commentaires allaient bon train autour de la machine sur les récoltes déjà faites dans les exploitations avoisinantes de taille comparable, je crois me souvenir que la Nizandière était toujours parmi les plus performantes des environs.

Rien à voir avec les autres battages auxquels nous pouvions participer chez nos voisins directs du Moulin, le père Barreteau ou le père Biron. Là, petite exploitation oblige, la batteuse était d'un plus petit modèle pouvant être tractée par deux vaches, et pour la faire tourner pas de gros tracteur,

---
[89] Je crois me souvenir qu'il s'agissait de la famille Nomballais, qui possédait une minoterie à La Mothe Achard

mais un simple moteur à essence posé sur le plateau d'une charrette à cheval. Ces battages ne prenaient en général que quelques heures, au plus une demi-journée, mais pour nous c'était autant d'occasions de participer à la vie de la campagne.

Cette période des battages pouvait durer deux à trois semaines pendant lesquelles les jeunes gens qui « suivaient la machine » de ferme en ferme ne rentraient souvent chez eux que le dimanche, nourris et dormant sur place dans les granges, sans autres moyens de toilette et d'hygiène que ce que la nature pouvait bien mettre à leur disposition.

A propos des conditions de sécurité pendant ces opérations de battage, les incendies, s'ils n'étaient pas fréquents, pouvaient se produire, même après le remplacement des locomobiles à vapeur par les tracteurs diesel. Ce fut le cas une année à la Bourdailère de Saint Martin de Brem où le feu a tout détruit sauf, je crois, le tracteur qui avait pu être déplacé à temps. Les bâtiments aussi avaient été épargnés, mais du gerbier, de la batteuse et du pailler, il ne restait rien que débris fumants lorsqu'avec mon père nous sommes allés sur place le lendemain. Il me semble avoir encore dans les narines cette odeur acre, mélangée de suie, de paille mouillée et de bois brûlé qui imprégnait les lieux.

J'ai moins de souvenirs des vendanges à la Nizandière, si ce n'est que les vendangeurs était plus nombreux qu'à la Trévillière, bien que se limitant aux membres de la famille, et que le transport de la récolte n'était pas assuré par un mulet, mais par un fort attelage de deux ou quatre bœufs suivant la difficulté d'accès à la vigne et l'état du chemin. Vin rouge, ou vin blanc en moindre quantité, faisaient là aussi l'objet d'une vinification peu sophistiquée.

La traction chevaline était peu utilisée pour les travaux agricoles à la Nizandière, le cheval du grand-père Aristide, un demi-sang anglo-arabe, provenait de l'élevage de son frère Stanislas. Il était utilisé quasi exclusivement pour les déplacements avec le char à bancs dont les deux grandes roues en bois à fins rayons étaient, luxe suprême, garnies d'un bandage en caoutchouc.

Comme il n'y avait pas de voiture automobile bien sûr, tous les déplacements familiaux de la Nizandière se faisaient avec ce fameux char à bancs, qui a été le dernier qu'on ait pu voir sur les routes des environs au moins jusqu'au milieu des années cinquante. La caisse proprement dite, hautement suspendue sur des ressorts à lames, comportait à l'avant le banc du conducteur qui pouvait accueillir trois personnes. A l'arrière, deux bancs longitudinaux, face à face, pouvaient recevoir, chacun aussi trois personnes, les enfants voyageant sur les genoux ou entre les adultes. Pas de capote pour se protéger des intempéries ; en cas d'averse un grand parapluie « maraîchin » abritait tant bien que mal les occupants.

Tous les dimanches matins, le grand-père Rabiller arrivait au Moulin dans cet attelage une grosse demi-heure avant la grand messe, avec la grand-mère et les autres membres de la famille Moinardeau. Le cheval était dételé, mis à l'écurie que notre père avait construite spécialement pour l'abriter, et la famille s'en allait, à pied, à l'église.

Pendant ce temps, le char à bancs restait stationné sur le bord de la route, devant la maison, basculé sur l'arrière, les brancards pointant vers le ciel. A telle enseigne, certains passants ont parfois pris notre maison pour un bistrot et se sont avancés jusqu'à notre porte pensant qu'on pouvait y boire un coup.

Je reviendrai dans un prochain chapitre sur la célébration

de ces dimanches, seule journée de repos que s'accordaient les gens de ferme, encore qu'il restât toujours sur place une ou deux personnes « de garde » pour assurer la surveillance et les soins aux animaux.

Il nous arrivait aussi d'aller passer une journée sur les terres de la Nizandière dans des prés que nous appelions « les Landes » où poussaient des bosquets de genêts, et où des mares accueillaient une population de grenouilles. Avec une canne à pêche sommaire, un fil et un morceau de chiffon rouge, chacun de nous essayait d'attraper quelques unes de ces pauvres bêtes qui finissaient coupées en deux. On n'en gardait que la partie arrière consommable : les cuisses, dont nous nous régalions une fois passées à la poêle, au beurre, persil et ail

Nous ramenions aussi de ces journées dans « les Landes », des rameaux de genêts avec lesquels notre père fabriquait des balais pour l'extérieur et son atelier.

Autre excellent souvenir de cette époque c'est le double ou triple mariage - ma mémoire sur ce point est imprécise - qui a été célébré à la ferme dans cette deuxième moitié des années cinquante et qui a vu des aînés de nos cousins Moinardeau épouser des jeunes de deux familles de la ferme voisine, la Gaubretière. Pour cette occasion, la nef centrale de la grange avait été dégagée sur une grande partie de sa surface, garnie sur son pourtour de draps blancs pour dissimuler les râteliers du bétail, et décorée de rameaux de verdure et de fleurs en papier. C'est dans cet espace que se sont déroulées les festivités et réjouissances, auxquelles un veau de l'élevage a participé bien involontairement en rôtis cuits au four de la maison.

Nos cousins aînés de cette fratrie, Jean, Joseph et Marcel ont fait partie des jeunes appelés qui ont été envoyés en

Algérie pour participer à ce qui était appelé à l'époque « les opérations de maintien de l'ordre ». S'ils en sont tous les trois revenus, pas tout à fait indemnes en ce qui concerne le plus jeune, Marcel, j'imagine qu'à la fois le dépaysement et cette expérience de la violence et de l'éloignement de la terre ont laissé des traces profondes dans leur personnalité.

Lors du décès de nos grands-parents, en 1961 pour la grand-mère et en 1965 pour le grand-père, il y eut des fâcheries dans la famille, concernant la succession et en particulier le don qui avait été fait à notre père de tout ou partie du terrain sur lequel avait été construite la maison du Moulin ; je n'en connais personnellement pas le détail. Cependant, ces fâcheries et l'éloignement pour mes études et ma vie d'adulte ont fait que je n'ai plus eu pratiquement de contact avec la famille du côté paternel, et de fait, avec la Nizandière.

L'école.

Dans cet environnement social et économique plutôt isolé du monde « moderne » que réellement défavorisé, l'école a joué, pour mes frères et moi, un rôle primordial d'émancipation et de culture, nous permettant d'ouvrir la porte de la cabine de l'ascenseur social, comme on dit.

Mes frères aînés, Yves et Claude, ont commencé leur scolarité à Landevieille à l'école publique de garçons, avec pour instituteurs Monsieur Chauvière jusqu'en 1951, puis Monsieur Simon.

A cette époque, sur incitation de l'évêché de Luçon, le conseil municipal, mené par Madame la Comtesse de Mazenod, maire et châtelaine locale[90], a décidé la construction d'une école privée catholique de garçons, qui sera édifiée route de Brétignolles avec la participation de bénévoles, de généreux donateurs et des artisans de Landevieille.

Cette nouvelle école sera prête pour la rentrée 1952 et inaugurée en grande pompe par l'évêque, Monseigneur

---
90 Au château de l'Eolière, dont dépendait entre autres la ferme de Cognac

Cazaux[91], et dédiée à Saint Antoine de Padoue, dont la statue ornera le pignon Est. Dans mon souvenir, cette journée avait été très pluvieuse et pour la procession de l'église à l'école, mes frères inauguraient leurs premiers vêtements de pluie, de type pèlerine de couleur marron, que notre mère venait de confectionner.

Du jour au lendemain, l'instituteur public s'est retrouvé avec seulement quatre élèves : les enfants du receveur des postes et deux gosses de l'assistance publique en famille d'accueil à la Chaize Giraud. L'école publique a donc fermé ses portes et Landevieille présente encore aujourd'hui la particularité de ne pas avoir un tel équipement. Il faut dire que pendant trois des dernières décennies, le maire de Landevieille, un de nos anciens camarades d'école, était en même temps le directeur

---
91 Evèque de Luçon, il a été l'un des plus ardents acteurs pour la cause de l'enseignement catholique, en particulier lors de l'élaboration de la constitution de 1946 où ses défenseurs auraient souhaité que le principe de cet enseignement soit inscrit dans cette constitution, sans succès.

de l'école privée catholique ! Certaines communes voisines, comme Brétignolles, avaient pour leur part choisi de faire cohabiter une école privée catholique et l'« école du diable » ou école publique.

Cette situation défavorable à l'école publique n'était pas rare en Vendée et dans les départements de l'Ouest au début des années cinquante. Il était fréquent, dans nombre de communes rurales, que les effectifs de l'école publique soient inférieurs à cinq élèves, alors que ceux de l'école privée (dite « libre », selon ses défenseurs) étaient de plusieurs dizaines, voire centaines d'élèves. En 1951, on dénombrait environ sept mille cinq cents élèves dans des écoles privées catholiques en Vendée, dans des communes n'ayant pas d'écoles publiques[92].

Bien sûr, à cette époque, les filles et les garçons étaient séparés, et les demoiselles avaient leur propre école, catholique elle aussi, en face de l'église, tenue par des bonnes sœurs qui vivaient sur place.

Notre école établie en bordure de la route comportait deux classes, celle des petits à l'Ouest, et celle des grands à l'Est, donnant directement dans la cour, et qui communiquaient entre elles. Pour que les élèves ne soient pas distraits pendant la classe, les fenêtres étaient hautes, et leur partie inférieure garnie de verres translucides, et de grillage du côté de la cour pour éviter le bris des verres par les jeux de ballons ; pas moyen donc de regarder voler les petits oiseaux ou tomber les feuilles des arbres !

Le sol était d'une chape de ciment bouchardé, et chaque classe était équipée, en son milieu, d'un énorme poêle rond en fonte, avec son tuyau d'évacuation vertical au travers de la

---
[92] Source : Jean Pélissier, historien, Grandeurs et Servitudes de l'enseignement libre Editions Bonne Presse 1951

toiture. Sur le côté ouest de la cour, un préau ouvert et des sanitaires « à l'ancienne » (du type « à la turque » avec portes en bois ne descendant pas jusqu'au sol) et quelques lavabos complétaient l'établissement.

Dans mon souvenir ce n'est que quelques années plus tard que le logement de l'instituteur a été construit en prolongement des classes, le long de la route. La cour était assez grande, au sol stabilisé de gravillons et sans clôture, si ce n'est les buissons la séparant des prés et jardins voisins.

Les deux classes se sont donc ouvertes pour la rentrée scolaire 1952, sous la direction d'un jeune prêtre, l'abbé Bourasseau pour la classe des grands, assisté de Mademoiselle Rondard, institutrice qui n'était plus de première jeunesse, pour la classe des petits. Il n'y avait pas de classe ou section maternelle. A la rentrée 1953, comme j'avais cinq ans révolus, et qu'il y avait de la place, j'ai donc commencé ma scolarité dans la classe de Mademoiselle Rondard.

Chaque session d'enseignement, de la matinée et de l'après-midi, commençait et s'achevait invariablement par la prière, chacun debout près de sa place, et sur chaque nouveau cahier nous écrivions, en tête de la première page, les initiales JMJ pour Jésus, Marie, Joseph, rappelant la Sainte Famille. Il faut aussi dire que certains de ces cahiers, de la marque « Souvenir Vendéen », s'ornaient en première de couverture, d'une gravure représentant un combattant vendéen de l' « armée catholique et royale », équipé de sa faux emmanchée et brandissant son insigne du sacré cœur surmonté de la croix, devant un calvaire. La quatrième de couverture de ces cahiers comportait, comme il se doit, les tables des quatre opérations en guise de rappel permanent.

"Souvenir Vendéen"

Cahier appartenant à : Denis Ratillis

Ecole de

Les premiers apprentissages ont consisté dans des travaux manuels, tels que piquages, à l'aiguille et au fil de laine, en suivant le tracé d'un dessin sur un carton. Les premiers rudiments de calcul se faisaient avec des bûchettes ou bâtonnets, que nous classions par dizaines, regroupées avec un lien de laine. Elles servaient à l' ap-prentissage des opérations simples, additions et soustractions. C'est quand j'ai su mes nombres jusqu'à cent que j'ai pu rejoindre le cours préparatoire.

Je crois que je suis resté deux années dans la petite classe avec Mademoiselle Rondard, je n'en garde pas le souvenir d'une enseignante bienveillante. Par exemple, pour l'apprentissage de l'écriture, elle attachait la main gauche de notre cousin Luc (il était gaucher) dans son dos, pour le forcer à écrire de la main droite ! Autre temps, autres méthodes pédagogiques, déjà qu'il n'était pas facile pour nous d'apprendre l'écriture, avec pleins et déliés, à la plume métallique et à l'encre violette. Quand je vois l'état de mes cahiers de l'époque avec mes premières pages d'écriture, j'en aurais presque honte et j'hésite à les montrer à ma descendance !

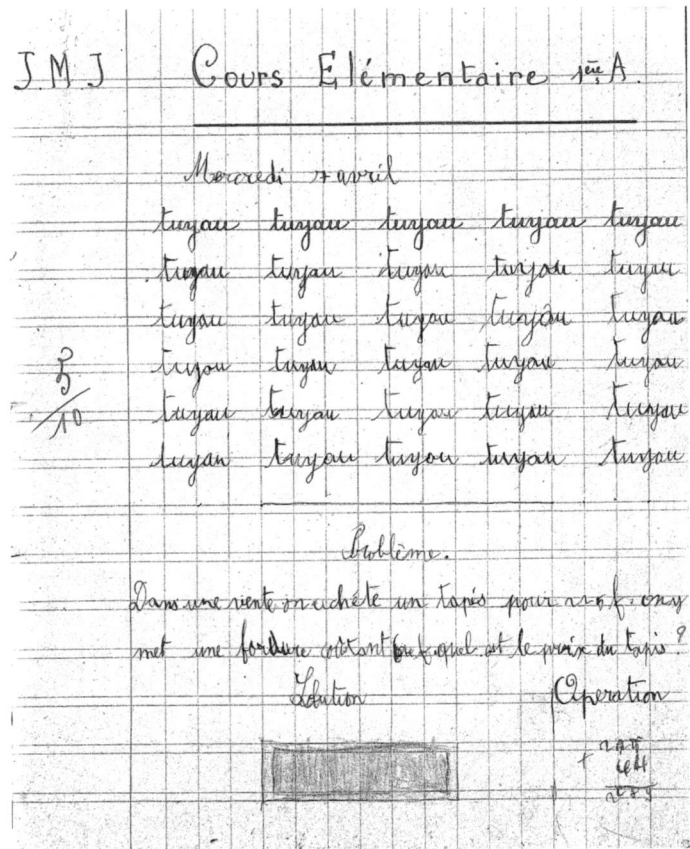

Nous apprenions d'abord à écrire au crayon, en suivant les lignes et les modèles tracés par l'institutrice, à la plume et à l'encre rouge, chaque jour, sur le cahier de chacun de nous. J'ai tou-jours admiré comment nos enseignants réussissaient de véritables exploits de calligraphie sur le tableau en écrivant à la craie, avec pleins et déliés, les modèles d'écriture ou la maxime de morale du jour. Les premiers exercices à la plume étaient vraiment difficiles, avec les taches, et le papier qui se perçait si nous appuyions trop fort sur la plume. Quelle galère comparée aux outils que nos jeunes ont maintenant, stylos bille ou feutre !

Les encriers en céramique blanche étaient encastrés dans un trou en haut à droite de nos tables d'écoliers en bois (ce qui n'en facilitait pas l'accès aux gauchers!). Pour éviter d'en tacher le pourtour, nous disposions autour de nos encriers des « tours d'encrier » que nous changions régulièrement, simples feuilles de papier percées d'un trou pour les plus simples. La créativité des élèves s'exerçait même sur ces choses les plus ordinaires, et on voyait des tours d'encriers avec des pétales en forme de fleur, ou des modèles à rabat, à chacun de montrer son art ou son astuce. Ces encriers étaient remplis régulièrement par l'instituteur, avec une bouteille munie d'un fin bec verseur.

Pour tous les travaux « au brouillon » nous utilisions une « ardoise », plaque fine d'ardoise naturelle ou de carton rigide avec un revêtement ardoisé, avec un cadre en bois, sur laquelle nous écrivions avec un « crayon d'ardoise », bâtonnet du même matériau, affûté et maintenu dans un manche métallique. L'avantage de ce support d'écriture, c'est qu'il est pratiquement inusable, et s'efface d'un simple coup d'éponge ou de chiffon ; c'est un procédé que je crois plus écologique que le papier qu'on jette ou une tablette numérique, il faut bien l'admettre !

Les heures de classe ne m'ont jamais paru trop longues ou ennuyeuses, curieux que j'étais de tout découvrir soit dans les quelques manuels dont nous disposions, soit par le moyen des cartes illustrées. De géographie ou de sciences naturelles, ces grandes affiches cartonnées, en couleurs, étaient rangées dans des classeurs verticaux et accrochées aux murs suivant le thème de la classe en cours. Moi, ça me faisait rêver et je tirais la langue en recopiant sur mon cahier cartes et croquis.

Pour ma troisième année dans cette petite classe, changement d'institutrice ! Dans la classe des grands, l'Abbé Bourasseau avait été remplacé par un jeune instituteur originaire de La Garnache, Monsieur Neau, et sa jeune épouse a repris le poste de Mademoiselle Rondard ! C'est donc dans une ambiance bienveillante que s'est déroulée pour moi l'année scolaire 1955/56.

Jusqu'à cette année là comprise, sauf circonstances particulières, nous partions à l'école à pied tous les quatre ensemble. Les quelques six cents mètres du trajet n'étaient pas toujours effectués sans chamailleries ou quelque arrêt sur un point d'intérêt particulier. Ce pouvait être en passant près de l'atelier du forgeron un cheval ou un bœuf que l'on ferrait, avec l'odeur de la corne qui brûle. Ou plus rarement le spectacle du cerclage d'une roue de charrette, où le cercle d'acier était porté au rouge sur un anneau de braises au sol avant d'être mis en place sur l'ossature de bois de la roue préparée par le charron, puis arrosé copieusement pour assurer le serrage et donc l'assemblage définitif.

Point de recherche d'élégance dans nos tenues d'école. La blouse grise était quasiment l'uniforme, été comme hiver, même si quelques élèves de familles un peu plus favorisées arboraient parfois des blouses noires avec un liseré rouge. En hiver pratiquement tout le monde portait un pantalon, mais il pouvait arriver que certains viennent à l'école avec la culotte courte et des chaussettes hautes tenues par des élastiques. C'étaient aussi les pulls et les écharpes tricotés maison, et l'hiver parfois un passe-montagne. A partir de la fête de Pâques c'était les jambes nues, sauf pour certains des plus grands, proches de leurs quatorze ans pour qui cela faisait trop « gamin ».

Pour la quasi totalité d'entre nous, le « français » n'était pas la langue naturelle parlée dans la famille ; nous nous exprimions donc entre nous en patois, réservant le français aux heures de classe. Notre patois, car chaque village pouvait avoir des points de vocabulaire ou un accent qui lui était propre, était une des nombreuses variantes locales du patois poitevin ou « parlanjhe ». Il se différenciait du « maraîchin » pratiqué dans le Marais Breton, aussi bien que des langages locaux des Sables ou de Saint Gilles très influencés par le milieu maritime.

La journée se terminait par le balayage de la classe. Il n'y avait pas de personnel de service pour l'assurer et c'était à tour de rôle qu'une équipe de quelques élèves s'en chargeait. Le sol en ciment bouchardé n'était pas fragile mais était plutôt poussiéreux. Surtout quand il faisait beau, il fallait pulvériser un peu d'eau avant de balayer pour ne pas lever la poussière. Au final nous faisions de cette corvée un petit moment de rigolade.

Tous les mois je crois, nous portions à l'école une enveloppe contenant la « contribution », somme d'argent toutefois modeste, destinée à couvrir les frais de fonctionnement de l'école. Les fournitures scolaires qui pouvaient être individualisées étaient payées en sus.

L'hiver il nous arrivait qu'en rentrant de l'école à quatre heures nous nous arrêtions à l'entrée du chemin de la Chopinière, en bas de la côte du Moulin, où le bouilleur de cru avait installé son alambic près de la mare appelée le « Trou des Quatre Pattes », pour distiller les lies et surplus de vins impropres à la consommation. Cela nous faisait un petit moment pour nous réchauffer près de la machine qui crachait sa vapeur, et pour renifler les parfums de gnôle qui s'en échappaient. Je ne crois pas qu'étant donné notre âge, on nous ait proposé de goûter le divin breuvage dont le titre en alcool devait avoisiner les soixante dix degrés.

Autre point d'intérêt sur le chemin, la bourrique à Bouron ! Ce couple de petits agriculteurs retraités, devant chez qui nous menait le trajet de l'école, avait une ânesse réputée pour être têtue et de mauvais caractère, ce qui ne l'empêchait pas (la bourrique) de récolter quelques suffrages sous le patronyme de Mimosette Bouron à chaque élection municipale[93].

Nous faisions donc le trajet quatre fois par jour, en rentrant déjeuner à la maison à midi, sauf rare circonstance particulière d'absence de nos parents. Les enfants de ferme qui malgré l'éloignement de plusieurs kilomètres venaient à pied à l'école et ne pouvaient pas rentrer déjeuner, amenaient leur casse-croûte qu'ils mangeaient sous le préau en été, ou l'hiver dans la classe, rassemblés autour du poêle sur lequel ils pouvaient mettre leurs tartines à rôtir.

A cette époque, en primaire, il y avait classe cinq jours par semaine : lundi, mardi, mercredi, vendredi et samedi toute la journée. Le jeudi, jour de repos scolaire, était réservé pour le catéchisme, j'y reviendrai, et parfois l'après-midi à la belle saison, pour des sorties de « patronage » encadrées par le vicaire l'Abbé Bourasseau, ou par un jeune prêtre de Landevieille prénommé Lucien (Lucien Ridier dit « Lulu »), ou par les grands séminaristes de la commune quand ils étaient en vacances.

Ces sorties de patronage nous amenaient souvent dans

---
[93] A cette époque, dans les communes de moins de mille habitants, le scrutin nominal permettait de voter pour quelqu'un qui n'avait pas fait acte officiel de candidature

des coins reculés de la campagne, dans les bois de la ferme de Cognac, ou dans les fonds de « Crève Souris » près du château de la Savarière, où nous organisions des jeux de piste, chasses au trésor, ou mémorables parties de « gendarmes et voleurs ».

Une fois, nous sommes partis pour toute une journée, avec un autocar d'une entreprise de Landevieille (Voisneau ou Tesson, je ne me souviens plus) jusqu'à Noirmoutier ; belle sortie vers cette île qui n'était à l'époque accessible que par la chaussée submersible du Gois. Mais la journée s'est mal terminée car le car est tombé en panne sur la route du retour, à environ huit kilomètres du bercail et il a fallu achever le chemin à pied ; enfin pas tout à fait jusqu'au bout, car le chauffeur a pu aller chercher un autre petit bus et reprendre les plus jeunes pour achever le parcours.

Revenons à l'école. Pour les récréations la cour se divisait assez naturellement entre un espace pour les grands, et un espace pour les petits. Peu de jeux de ballons toutefois, mais des jeux collectifs en équipes auxquels participait parfois l'instituteur : les barres, le béret, le drapeau simple ou double, parfois la balle au prisonnier.

Pour les plus petits, le jeu du cheval avait un certain succès. Un garçon qui galope devant et fait le cheval, dirigé par un camarade qui court derrière lui et le dirige au moyen d'une ficelle servant de rênes, et c'est parti pour des courses et cavalcades qui nous laissaient essoufflés. Autre activités à succès, les courses poursuites et jeux de cache-cache dans les buissons qui entouraient la cour. Pour la plupart de ces jeux qui étaient assez turbulents, je laissais mes lunettes sur ma table d'écolier, pour éviter de les endommager ; c'est quand même arrivé quelquefois ce qui m'a valu des retours à la maison un peu désagréables !

En cas de pluie, les récréations se passaient sous le préau, qui était équipé d'une corde à grimper, et c'était alors à la fois la bataille entre grands et petits pour y avoir accès, et le concours à qui grimperait le plus vite ; avec, puis sans les pieds pour les plus agiles, qui n'étaient pas toujours les plus forts.

Autre attraction de la cour d'école, les dernières années où je l'ai fréquentée : la voiture de la kermesse ! Pour animer cette fête annuelle, le curé de Landevieille avait acheté une vieille guimbarde qu'il avait fait doter à l'arrière de deux bancs et dont les deux roues postérieures avaient été décentrées. Moyennant une petite somme, on pouvait faire le tour du terrain de la fête en se faisant copieusement secouer aux places arrière !

Et cette voiture était remisée en plein air au fond de la cour d'école ! Je laisse deviner que les places étaient recherchées pour y monter, à l'arrêt bien sûr, pendant que l'un de nous, dans le rôle de conducteur, manipulait le volant, les pédales et le levier de vitesse du véhicule. Je me suis toujours demandé comment cette carriole pouvait reprendre du service chaque année après que nous ayons fait subir à la mécanique, et en particulier à la boite de vitesses, de tels sévices.

Chaque année une fois le programme pédagogique achevé, les derniers jours d'école étaient consacrés à des activités plus ludiques, travaux manuels par exemple, ou dessins dans lesquels nous exercions nos talents, avec nos crayons de couleurs, en partant de modèles, photos, gravures ou cartes postales, dont nous agrandissions les sujets au moyen de la méthode du quadrillage proportionnel, tracé au crayon et effacé au fur et à mesure de l'avancement.

Le tout dernier jour était consacré à l'entretien des tables et bancs en bois. Chacun venait ce jour là avec ses chiffons et un peu de cire et vas-y que je te frotte pour remettre le mobilier à l'état quasi neuf.

Nous ne mettions les pieds à l'école des filles qu'en fin d'année scolaire, pour la cérémonie de la remise des prix, car l'une de ses deux classes avait été dotée d'une scène pour le théâtre en 1949. En règle générale, cette cérémonie était précédée d'un court spectacle donné par les élèves, chants, récitations ou saynètes soigneusement préparés par les différents cours.

Je retiens de ces remises de prix le trac qui nous prenait à l'énoncé de notre nom, au moment de monter sur la scène recevoir les livres qui nous étaient remis à ce titre, récits édifiants de la vie des saints et martyrs, ou versions édulcorées d'œuvres classiques, à la couverture rouge, des Éditions Casterman.

Le gros changement pour moi est intervenu à la rentrée 1956. D'une part, je suis rentré dans la classe des grands, et d'autre part mes frères sont partis tous les trois en pension ! Je me suis retrouvé seul, à la fois sur le chemin de l'école, et à la maison avec les parents. Gros changement d'ambiance, trois à table au lieu de six, la mère Henriette avait encore les réflexes pour cuisiner pour la famille au complet, ce qui nous a valu de manger la soupe trop salée pendant quelques semaines !

Yves allait sur ses quatorze ans, il est rentré au Centre d'Apprentissage de La Chaume[94], en section Mécanique Automobile. Interne, il revenait chaque semaine passer avec nous le dimanche. Il faisait les dix huit kilomètres du trajet à vélo, les parents lui ayant acheté un magnifique Peugeot demi-course à trois vitesses pour faire ses aller-retour. C'est

---
94 Quartier de pêcheurs des Sables d'Olonne, au delà du chenal d'entrée au port.

le vieux vélo bleu que nous avons encore à Maubuisson, S'il a perdu son guidon course et ses vitesses, il reste la machine préférée de notre fils Maxime pour ses balades d'été. Après son CAP de Mécanique Auto, obtenu en trois années, Yves fera une année complémentaire dans cet établissement pour une spécialisation Moteurs Diesel.

Claude, à douze ans, est parti plus loin. Il a été interne, en sixième, dans un établissement d'enseignement privé qui formait les instituteurs catholiques du diocèse, dénommé Notre Dame de la Tourtelière, à Montournais, à l'autre bout du département de la Vendée, en plein bocage. Il retrouvait dans cet établissement un autre jeune de Landevieille qui suivait cette formation depuis quelques années. Compte tenu de l'éloignement et des difficultés de transport pour rejoindre cet établissement, Claude ne revenait en famille que pour les vacances trimestrielles.

Je reviendrai dans un prochain chapitre sur cette école qui me verra, moi aussi, faire mes premières années d'enseignement secondaire. Claude y a poursuivi sa scolarité jusqu'en seconde.

André n'avait pas encore tout à fait onze ans. Il est parti, interne lui aussi, aux Sables d'Olonne dans un collège d'enseignement catholique dénommé Amiral Merveilleux Du Vigneau[95], il rejoignait la famille à Landevieille toutes les deux semaines, suivant les opportunités de transport locales. Il restera deux années dans cet établissement et continuera sa scolarité jusqu'en quatrième dans un autre collège privé de Luçon.

Me retrouver seul à la maison avec mes parents n'a pas été facile, car j'étais habitué à toutes les activités que nous

---
95 Jean Merveilleux du Vignaux, né le 22 avril 1865 en Vendée, à Saint Vincent sur Graon, a été un vice amiral de la marine française.

avions en commun entre frères, en dehors de l'école. J'ai eu un vrai coup de blues au début de 1957, j'avais le plus grand mal à trouver le sommeil en me mettant au lit. Le diagnostic du Docteur Dehergne, le médecin de famille, a été : manque d'activité physique !

Alors, tous les soirs et par (presque) tous les temps, je prenais mon vélo et j'allais sur le chemin des fermes de la Gaubretière rouler dans les ornières et les flaques d'eau, pour une fois que j'avais la bénédiction de la faculté pour ne pas prendre trop soin de ma monture, j'en ai profité au maximum ! Et le sommeil est revenu !

Avec mes huit ans, j'étais donc rentré dans la classe des grands. J'étais le plus jeune, et bien sûr le plus petit. Les plus grands de la classe allaient avoir quatorze ans en cours d'année scolaire, puisque jusqu'en 1959 la scolarité était obligatoire jusqu'à cet âge là. Inutile de dire que certains, et surtout des garçons de familles d'agriculteurs, étaient plus intéressés par les travaux de la ferme que par les matières scolaires.

Monsieur Neau, directeur de l'école, avait en charge cette classe de trente cinq élèves de Landevieille et la Chaize Giraud, qui rassemblait les cours moyens première et deuxième année, et le cours supérieur ou de fin d'études primaires. L'organisation de plusieurs niveaux de cours en classe unique avait pour nous, les plus jeunes, l'énorme avantage de nous amener à suivre le cours de niveau supérieur, dès que nous avions acquis les connaissances suffisantes, et cela même en cours d'année scolaire.

Un de mes souvenirs les plus précis de cet enseignement concerne le calcul mental. Cet apprentissage prenait place au début de chaque session d'après déjeuner (après la prière, bien sûr!), et tous cours confondus. Les opérations à résoudre étaient énoncées par le « Maître », et chacun de nous devait en inscrire le résultat sur son ardoise et la montrer au plus vite pour validation ou correction.

La visite médicale annuelle était un des événements qui venaient troubler le train-train quotidien de l'école. Tout le monde en slip pour se présenter devant le Docteur Lancelot et son assistante, c'était un moment redouté par beaucoup d'entre nous qui n'avions pas l'habitude de découvrir notre intimité et qui vivions dans un milieu campagnard très prude. Il faut dire que nos sous-vêtements n'étaient pas de la première élégance, même si pour l'occasion nous prenions soin d'en mettre des propres et de faire une toilette plus sérieuse.

Mesurés, pesés, le moment crucial de cette visite était la « cuti [96] », test médical pour déterminer notre réaction au bacille de la tuberculose. La scarification que toute notre génération porte au bras gauche ou à la cuisse était pratiquée avec une plume métallique et enduite d'un gel qui permettait au bout de quelques jours de savoir si nous étions ou non protégés contre ce bacille. Bien que peu douloureuse, elle provoquait sur la plupart d'entre nous une appréhension certaine.

Certains jours de pluie ou de froidure intense, les récréations pouvaient se passer en conversations animées avec notre instituteur, autour du poêle en hiver. Les commentaires de l'actualité ou des événements mondiaux dont nous avions connaissance par la « TSF » animaient alors nos discussions.

La situation politique de la France dans les années cinquante quatre a cinquante huit était assez instable, et les

----
96 Cuti-réaction

renouvellements fréquents du Président du Conseil[97] faisaient l'objet de commentaires partagés avec notre enseignant. Un événement important est intervenu à l'automne 1957, le lancement par l'Union Soviétique du premier satellite artificiel, Spoutnik 1, le 4 octobre, qui transmettait vers la terre ses messages sous forme de bip-bips retransmis par toutes les radios.

Je nous revois, dans les jours qui ont suivi son lancement, commentant cet exploit qui marquait le premier point de la compétition spatiale qui opposait l'URSS et les États Unis et qui allait, en douze ans seulement, amener les premiers pas de l'homme sur la lune par les Américains Armstrong et Aldrin le 21 juillet 1969. Les premiers évènements de cette conquête de l'espace allaient largement alimenter nos commentaires cette année scolaire avec le second lancement russe, Spoutnik 2, le 27 novembre 1957, qui emportait dans l'espace la chienne Laïka, et le premier succès des Américains avec le lancement du satellite Explorer 1 le 1er février 1958.

Toutes les matières m'intéressaient, et j'avais une véritable curiosité dans les différents domaines de notre enseignement, tant pour le français que pour la géographie, les sciences naturelles ou l'arithmétique. Cela étant, je n'étais quand même pas un ange ; il m'est arrivé, mais rarement, d'aller faire un petit séjour au coin. Nos instituteurs, Monsieur et Madame Neau, n'ont jamais utilisé de sévices physiques pour obtenir l'attention et la discipline de leurs élèves. Les punitions les plus sévères étaient les lignes à recopier. Vingt cinq fois « *je ne bavarderai pas en classe* », ça va, ce n'est pas trop dur, ça loge sur une page ; cinquante lignes, ça passe encore pas trop mal ; cent c'est plus sérieux, mais ça plombe sérieusement un jeudi ; deux cents, c'est plus long, tout le

---

[97] Ancienne dénomination correspondant au poste actuel de Premier Ministre, qui sera institué en 1958 avec la constitution de la Cinquième République

jeudi y passe. Je n'ai pas souvenir qu'il y ait eu de punition de cinq cents lignes, ou alors la faute ou l'indiscipline auraient été très graves.

En l'absence de mes frères pensionnaires pendant le temps scolaire, je passais moins de temps à l'extérieur ou en bricolages divers, aussi je satisfaisais aussi ma curiosité par la lecture. J'ai eu vite fait le tour des livres que nous possédions à la maison, pour la plupart des prix que nous avions reçus en fin d'année, et notre curé, l'Abbé Rapin, m'a ouvert la porte de sa bibliothèque. J'allais donc régulièrement au presbytère puiser dans l'armoire qui en tenait lieu et qui ne contenait pas que des livres religieux. Je ne me souviens pas précisément des titres des ouvrages que j'ai lus à cette époque, mais c'est peut-être de là que me vient le goût de la lecture qui me tient encore aujourd'hui.

Ma scolarité durant les trois années que j'ai passées dans la classe des grands s'est donc déroulée sans difficulté et j'ai brûlé les étapes puisqu'à dix ans, en juin 1958, j'ai obtenu le Certificat d'Instruction Primaire, et l'année suivante, en juin 1959, le Certificat d'Instruction Primaire Supérieur des écoles catholiques, les deux avec mention « Très Bien ».

Ces diplômes n'étaient pas les mêmes pour les écoles privées catholiques qui étaient sous la tutelle religieuse des diocèses, et les écoles publiques qui relevaient du ministère de l'Instruction Nationale. Si dans les deux cas, les examens se déroulaient au chef-lieu du canton, Saint Gilles sur Vie en l'occurrence, les épreuves et le diplômes étaient différents, et même leur dénomination : pour l'enseignement public on parlait de Certificats d'Études Primaires, Élémentaire et Supérieur.

Le déplacement jusqu'à Saint Gilles pour cette journée d'examen était organisé par l'école, avec le trajet en autocar, et nous emmenions le casse-croûte pour midi. Les résultats étaient publiés sur place dès la fin de journée si ma mémoire est bonne. C'est en attendant les résultats en 58 ou 59, que j'ai acheté et dégusté pour la première fois une glace en cornet, avec les quelques sous que m'avait confiés notre mère à l'occasion de cette journée. La sensation glacée sur la langue m'avait déconcerté, il faut dire qu'on nous rappelait à l'envi de ne pas manger ou boire trop froid, sous peine de maux de ventre. Encore aujourd'hui, même si j'ai appris à aimer les glaces, j'ai toujours tendance à les trouver trop froides, cherchez l'erreur !

En ce début d'année 1959 s'est posée la question de la suite à donner à ma scolarité. Pour notre instituteur, pas question que je reste à l'école primaire, car j'en avais effectué le cursus total et il ne se voyait pas me garder encore trois ans dans le cours que je venais de terminer. Il fallait aussi trouver une filière d'enseignement gratuite pour nos parents qui devaient déjà assurer les pensions de mes trois frères.

La première filière possible qui remplissait cette condition était l'entrée au petit séminaire qui préparait à la prêtrise ! Je me souviens que cette éventualité m'a taraudé pendant une bonne partie de cette année scolaire par les sollicitations de notre curé en ce sens, tant à moi-même qu'auprès de mes parents. Mais je n'avais aucune vocation et aucune envie de devenir prêtre et de consacrer ma vie à la religion. De plus, même si je ne connaissais pas grand chose à la sexualité, le vœu de chasteté qui allait avec cet engagement ne me tentait guère.

la classe de Monsieur Neau en 1959

Nous n'avions par ailleurs aucune information sur les filières offertes par l'enseignement public autres que les centres d'apprentissage professionnel tel que celui fréquenté par mon frère Yves. Même les écoles d'agriculture dont nous entendions parler étaient des écoles catholiques. A l'époque à Landevieille, les seuls qui étaient partis poursuivre leurs études dans le secondaire avaient choisi le séminaire, à part mes frères et le frère aîné d'un de mes camarades d'école qui avait précédé Claude à l'école normale catholique de la Tourtelière. Dans cet établissement, les études pouvaient aussi être gratuites pour nos parents car assorties d'un engagement des élèves de se consacrer à l'enseignement catholique pendant dix années après la fin de leurs études.

C'est finalement la voie qui a été retenue pour moi. Encore fallait-il obtenir la bourse d'état de l'enseignement secondaire, ouverte aux élèves de l'enseignement privé comme à ceux de l'enseignement public, qui allait permettre la (quasi) gratuité de mon cursus.

Il a donc fallu que je passe le concours des bourses de l'Instruction Nationale, qui se déroulait fin juin à l'échelon départemental, donc à la Roche sur Yon. C'est notre instituteur qui s'est proposé de m'y emmener avec la 2CV Citroën qu'il avait récemment acquise. Nous sommes donc partis de très bon matin, Monsieur Neau, ma mère et moi, pour les trente et quelques kilomètres qu'il fallait parcourir pour rejoindre le lieu d'examen, au lycée public Edouard Herriot, sur la place Napoléon.

Comme nous étions peu habitués aux déplacements en automobile nous restions attentifs, sinon sensibles, au « mal des transports ». Il faut dire que le départ matinal, la souplesse de la suspension de la 2CV et l'état des routes à l'époque pouvaient provoquer quelques hauts-le-cœur. La mère Henriette avait son remède contre ce mal : respirer (et me faire respirer!) un mouchoir imprégné d'eau de Cologne ! En ce qui me concerne, j'en ai gardé depuis ce temps une certaine aversion pour ce parfum, qui avait sur moi un effet plutôt inverse que celui escompté.

J'ai passé cette épreuve avec succès, et au début de l'été nous avons appris que j'étais accepté à la Tourtelière, et que du fait que j'étais titulaire du Certificat d'Instruction Primaire Supérieur je pourrais rentrer non pas en sixième, première classe de l'enseignement secondaire, mais directement en cinquième. Le programme du cours de fin d'études primaires étant pratiquement le même que celui de la classe de sixième, cela ne posait qu'une seule difficulté : l'anglais, qui n'était enseigné qu'à partir de ce niveau que je n'avais donc pas commencé à étudier.

C'est encore Monsieur Neau qui a trouvé et mis en place la solution ! Il a proposé à nos parents de me donner des cours particuliers d'anglais pendant les vacances d'été ; ce qu'il a fait gracieusement. Aussi pendant les deux mois et quelques avant la rentrée de septembre, je suis allé quatre ou cinq jours par semaine à 11 heures le matin, à l'école, où je me retrouvais seul avec notre instituteur pour découvrir les premiers rudiments de la langue de Shakespeare. Je me revois cet été-là sur le chemin de l'école avec un petit cartable en cuir, ouvrage du cordonnier paternel, qui contenait mon premier cahier d'anglais et un manuel hérité de Claude ou André qui avaient fait leur sixième depuis peu.

Et chaque après-midi, c'est Claude qui me servait de répétiteur en me faisant apprendre et réciter les verbes irréguliers avec les notes qu'il avait lui-même prises en cours. Mais il écrivait tellement mal que j'avais parfois du mal à le relire et il m'est arrivé d'apprendre de ce fait quelque mot erroné, ce que j'ai corrigé par la suite!

Cet été cinquante neuf a donc vu mon dernier contact avec l'école de Landevieille et un certain nombre de mes camarades que je n'aurais pratiquement plus l'occasion de revoir.

L'église - la religion.

Certes l'école était un des éléments importants de notre vie et de la vie locale, mais l'église et la religion catholique avaient une tout autre importance. Si on compare même les bâtiments communaux, la mairie n'occupait que deux ou trois pièces d'un immeuble plutôt quelconque, mais le presbytère[98] était une belle maison de type bourgeois, d'un étage, entourée d'un jardin.

L'église était absolument l'édifice le plus important du village. Située sur une place desservie par un grand escalier, face à l'embranchement de la route de

---

[98] On disait « la cure », où réside le curé, avec sa bonne, et éventuellement un vicaire qui l'assiste dans ses tâches pastorales.

Brétignolles sur la route départementale, elle est au cœur géographique et spirituel de la commune.

D'origine probable du dix septième siècle et d'une apparence des plus simples, sinon austère, elle se compose d'une nef centrale et d'un chœur, avec deux chapelles latérales en transept, rajoutées à la fin du dix-neuvième. Pas de façade en pierre noble ni d'ornements sculptés, elle est construite de maçonnerie enduite, grise. La nef est couverte de tuiles comme il est de coutume en Sud-Loire, et elle est surmontée d'un clocher pointu couvert d'ardoises. A l'intérieur, les deux côtés de la nef sont garnis de stalles en bois et des bancs, de bois eux aussi, équipent les chapelles latérales. A cette époque, l'officiant est dos aux pratiquants, et l'autel est décoré façon un peu rococo de dorures et (faux ?) marbre.

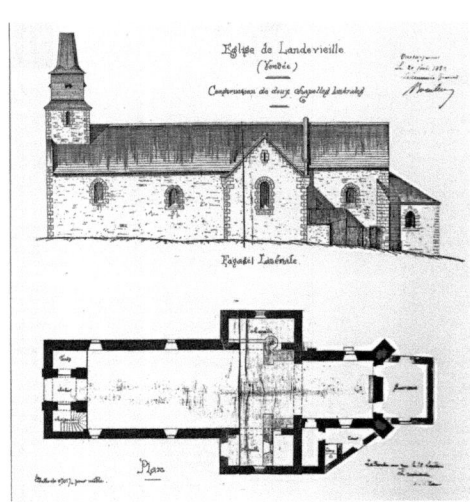

C'était le lieu de rassemblement de la totalité de la population pour la messe dominicale, et à ma connaissance personne n'y manquait, que ce soit à l'office du matin ou « première messe », vers sept ou huit heures suivant la saison, ou à la grand-messe, à dix heures trente ou onze heures. Je ne me souviens pas avoir entendu dire « Untel ne va pas à la messe » parce que tout le monde y allait ; et que celui (ou celle) qui n'y aurait pas assisté prenait le risque d'être tenu à l'écart de la vie communale.

Le curé y disait aussi une messe tous les matins de la semaine pour les fidèles les plus assidus. La messe matinale du dimanche rassemblait une assemblée composée principalement des gens de ferme qui allaient assurer le service « de garde » auprès du bétail dans les exploitations.

Au début des années cinquante, pour recevoir la communion il fallait être à jeun depuis minuit[99], ce qui voulait dire que pour communier à la grand-messe en fin de matinée, il fallait sauter le petit déjeuner.

Pour alléger cette contrainte, il y avait à neuf heures une cérémonie de distribution de la communion. Donc, le dimanche, en âge de communier c'est à dire après nos sept ans et notre première communion accomplie, nous partions, nous les enfants, une première fois à l'église pour satisfaire à cette obligation ; après laquelle nous rentrions petit-déjeuner.

Pendant ce temps, les parents restés à la maison vaquaient aux tâches de la cuisine dominicale, notre père se réservant l'épluchage des légumes pour le pot au feu ou la poule au pot.

Pour la grand-messe, le rendez-vous était à l'école depuis laquelle nous rejoignions l'église en rangs sous la conduite du maître et de son épouse. Nous prenions place dans les premiers bancs devant l'autel, les garçons à droite, alors que les filles étaient à gauche devant l'harmonium, avec la chorale.

Les fidèles se répartissaient par familles dans les stalles de bois. Sans qu'il y eut de places formellement réservées,

---
99 Sans que nous entrions dans les détails entre solides et liquides ; la règle du jeûne avant communion sera assouplie, et ta durée en sera ramenée à trois heures en 1957, puis une heure en 1964 par le Concile Vatican II.

chacun avait son habitude, et pour nos parents c'était le deuxième rang à gauche en entrant dans la nef.

Une majorité d'hommes, qui avaient fait un tour au bistrot avant l'office, rentraient par la petite porte de la chapelle droite du transept. Cela leur permettait aussi de quitter l'assemblée discrètement sans être vus de la nef, dès que le prêtre commençait la distribution de la communion, pour rejoindre l'estaminet.

Les jours de très grande affluence, il arrivait que certains d'entre nous soient amenés à assister à l'office depuis les deux ou trois rangées de bancs situés derrière l'autel. Ou aussi, et cela m'est arrivé quelques fois avec mon père, d'être admis dans la tribune, au premier étage du clocher, qui n'était accessible qu'aux hommes.

La messe était dite en latin et les plus fervents fidèles en connaissaient parfaitement les principaux répons, sans pour autant en connaître le sens précis. Cela me rappelle que lorsque mon frère André a commencé l'apprentissage du latin en sixième, notre tante Simone de l'Aiguillon a répliqué à notre mère qui venait de l'en informer que cela ne servait à rien de l'apprendre à l'école, puisqu'elle même le connaissait parfaitement pour le pratiquer à la messe !

A la sortie de l'office, toute l'assemblée se retrouvait sur la place de l'église. Il y avait au sud de cet espace une sorte de tribune composée d'une estrade maçonnée et d'une table de pierre qui portait une inscription sculptée dont j'ignore la signification. Le garde champêtre s'y installait alors pour livrer à la population les annonces municipales. Entre l'Epiphanie, la Chandeleur et Mardi Gras[100], cette tribune servait aussi de « pierre aux enchères » le dimanche. Certaines familles y déposaient généreusement des pâtisseries, gâteaux,

---
100 Soit grosso-modo de début janvier à mi mars.

assiettes de merveilles... qui étaient alors vendues aux plus offrants des fidèles pour financer quelque action caritative ou institution telle que les écoles ou la paroisse.

Puis les hommes se dirigeaient vers les bistrots, sauf ceux qui avaient déjà pris de l'avance, et les femmes des fermes vers les commerces, en particulier les épiceries, pour les emplettes hebdomadaires.

Notre père fréquentait peu le café, mais je me souviens de l'y avoir accompagné quelques rares fois. Le lieu était bien enfumé et bruyant des conversations des paysans à la voix forte car habitués à parler en plein air. La boisson la plus consommée était la fillette[101] de vin rouge qu'ils se partageaient (ils s'en partageaient en fait un certain nombre!) en jouant aux cartes, principalement à la « vache », nom commun et local du jeu d'aluette, par tables de six joueurs plus quelques spectateurs. Le jeu étant parlant, outre les échanges des joueurs, les commentaires allaient bon train et les conversations s'animaient à proportion des chopines[102] consommées.

En règle générale, nous rentrions assez vite à la maison où nous rejoignaient un peu plus tard la grand-mère Rabiller, notre tante Radégonde et les cousins-cousines Moinardeau en âge scolaire. Ils étaient venus de la Nizandière, comme je l'ai dit précédemment, avec le char à bancs du grand-père et attendaient à la maison que ce dernier ait achevé ses parties de cartes au bistrot (c'était pratiquement sa seule sortie et sa seule distraction), en conversations et commentaires avec notre mère qui achevait la préparation de notre repas dominical.

Pendant ce temps, notre père aurait certainement préféré

---
101 Petite bouteille de trente cinq centilitres environ
102 Une chopine contient approximativement un demi litre.

continuer l'écoute d'une de ses émissions favorites de musique radiodiffusée du dimanche matin, à savoir l'accordéon musette et ses vedettes du « piano à bretelles » : André Verschuren, Louis Corchia, Bruno Lorenzoni, Aimable et Yvette Horner.

Le retour du grand-père pouvait se faire attendre, et il arrivait que nous commencions à déjeuner en présence de la famille alors qu'il n'était pas encore remonté du café. Il fallait alors interrompre le repas à son arrivée, sortir et atteler le cheval qui ramenait tout son monde à la ferme. Heureusement certains dimanches, le cheval connaissait parfaitement le chemin du retour.

Pour certaines fêtes, les cousins-cousines avaient l'obligation d'assister à la cérémonie des vêpres en début d'après-midi, aussi faute du temps d'un aller-retour à la Nizandière, ils apportaient leur casse-croûte et nous mettions la « vieille chambre » à leur disposition pour leur casse croûte de midi.

Nous retournions donc à l'église une troisième fois le dimanche pour les vêpres. Le chant des psaumes et l'adoration du saint sacrement prenaient environ trois quarts d'heure et ce n'est, en dimanche ordinaire, qu'à partir de trois heures et demie au moins que nous avions satisfait à toutes les obligations dominicales et que nous pouvions envisager une visite de famille, à pied ou à vélo.

En semaine, le jeudi matin était réservé au catéchisme qui était enseigné par le curé ou son vicaire. Si le cours d'histoire sainte nous était dispensé dans le cadre scolaire, nous apprenions alors les prières et principes de la foi catholique dans le « Catéchisme Catholique et Romain ». Pour notre parfaite édification, on nous projetait parfois de courts films en noir et blanc dans lesquels on nous montrait les sévices auxquels étaient soumis les chrétiens dans les pays communistes ou chez les païens d'Afrique ou d'Asie.

C'étaient par exemple des histoires affreuses d'enfants de chœur martyrisés et assassinés avec le prêtre qu'ils accompagnaient pour aller porter le saint sacrement à quelque vieillard malade. Hosties profanées, religieuses persécutées, enfants chrétiens et prêtres égorgés, rien ne nous était épargné pour compléter notre éducation catholique. Parfois aussi certaines de ces projections avaient pour sujet la vie des saints ou celle, tout aussi édifiante, des missionnaires dans les pays lointains.

Dans le genre « guerres de religions », les traces des affrontements des catholiques vendéens avec la république lors de la révolution française étaient encore très vives. Cet antagonisme avait été ravivé au début du vingtième siècle par la loi de 1905 sur la séparation de l'église et de l'état[103], puis entre 1945 et 1950 par les querelles concernant l'enseignement privé. Notre imaginaire populaire restait très marqué par les récits des batailles de l'armée « vendéenne et royale » et les sombres massacres perpétrés par les bleus républicains et les Colonnes Infernales[104].

Notre quotidien était donc rythmé par les célébrations et les fêtes religieuses. Les plus importantes de ces dernières étaient appelées « fêtes d'obligation » ; elles devaient être célébrées de la même manière que les dimanches (avec l'obligation d'assister à la messe sous peine de « péché mortel »). Il s'agit de Noël, l'Ascension, l'Assomption de la

---

103 Le recensement des biens de l'église qui s'en était suivi avait fait l'objet de troubles dans nombre de communes de Vendée.
104 Mon but n'est pas de retracer ici l'histoire des Guerres de Vendée, il existe une somme de très bons ouvrages sur le sujet qui permettent à tout un chacun de se faire son opinion sur les atrocités commises de part et d'autre !

vierge Marie le 15 août, et la Toussaint.

L'année liturgique commençait (et commence toujours) par le temps de l'Avent, des quatre semaines précédant Noël. Je ne me souviens pas de quoi que ce soit de particulier de cette période, si ce n'est la préparation de la crèche.

Celle de l'église était installée dans la chapelle nord, du côté des filles. Les personnages en plâtre décoré avaient environ quatre vingt centimètres de haut, on y installait l'enfant Jésus pendant la messe de minuit, et les rois mages le 6 janvier. On venait la voir après les offices ; il y avait une statue d'ange, avec une corbeille dans laquelle on pouvait glisser une pièce en offrande, et l'ange remerciait en hochant la tête.

Il y avait aussi la crèche à la maison. Au fil des années elle avait pris une importance de plus en plus grande, au point, dans ses dernières installations, de prendre un bon quart, au sol, de la salle à manger ! Les personnages, dont le nombre s'accroissait au fil dutemps, au rythme d'une ou deux figurines par an, avaient une taille d'environ vingt centimètres. Il n'y manquait pas un mouton, un chien de berger, ni le chameau des trois rois mages, mais celui-ci avait une patte endommagée dès son premier déballage.

Toute une structure de bois et fil de fer était mise en place pour soutenir un décor de paysage montagnard. Les reliefs, dont la grotte abritant la sainte famille, étaient réalisés en majorité de papier rocher de fabrication maison (du kraft récupéré dans les multiples couches intermédiaires de sacs de ciment vides, décoré de gouttes et taches de teinture pour cuir, surplus de cordonnerie). Nous, les enfants, étions allés dans la campagne, récolter les mousses et lichens figurant la végétation, et les chemins étaient sablés de sciure fine.

la crèche à la maison

Les arbres de Noël qui la bordaient étaient des rameaux de houx avec leurs fruits rouges et quelques guirlandes. Le décor de la crèche comportait aussi un hôtel[105] éclairé de l'intérieur, et un chemin mobile, monté sur une chaîne de vélo qui circulait sous le décor, simulait l'arrivée des rois mages.

Il était fréquent que des gens du voisinage viennent la visiter, en revenant de quelque office ou en promenade du dimanche après midi, ce qui faisait la fierté de notre père.

Je devais avoir une dizaine d'années lorsqu'avec des camarades nous avons récupéré des personnages de la crèche de l'église qui avaient été mis hors service parce qu'en double ou endommagés, et nous avons construit une crèche en plein air dans un recoin du chemin qui passe derrière le cimetière. Nous avons complété les personnages manquants avec des statuettes de notre fabrication, en bois et chiffons ;

------

[105] Référence aux auberges qui avaient refusé l'hébergement à Joseph et à sa femme enceinte, Marie.

nous avions même un ange quêteur avec sa tirelire, mais le pauvre n'avait plus de tête pour remercier, nous lui en avons fabriqué une ! Nous espérions que quelques passants mettraient une pièce dans sa sébile, mais nos espoirs ont été très déçus !

Pendant la période entre Noël et Pâques, toutes les fêtes religieuses, Épiphanie, Chandeleur, Mardi gras et Mercredi des Cendres, faisaient l'objet de cérémonies à l'église auxquelles la participation des enfants des écoles état obligatoire, sur le temps scolaire. Parmi les adultes qui y assistaient, la grande majorité étaient des femmes.

Cette période avait aussi de bons côtés. A la Chandeleur[106], on faisait les crêpes ; pour cette occasion Henriette sortait la grande poêle à long manche qui ne pouvait servir que sur le feu d'une grande cheminée. Elle officiait donc pour cela dans la « vielle chambre » et prenait une bonne suée face à la flambée que nécessitait l'usage d'un tel instrument culinaire. L'ultime nettoyage avant usage de cette poêle en tôle noire se faisait par la cuisson de la première crêpe qui, traditionnellement et en conséquence, était pour le chien.

En attendant d'être consommées, les crêpes s'empilaient sur les crêpiers, vanneries plates de tige de chèvrefeuille, fabriquées pendant les veillées. Elles étaient tressées (bien sûr par notre père) à partir d'une rondelle centrale de bois sculpté, ajourée et souvent décorée de motifs vendéens, tels les doubles cœurs entrecroisés, surmontés de la couronne et de la croix.

Arrivait Mardi Gras, dernière occasion de réjouissance avant le Carême. Dans la semaine précédente, on avait préparé les beignets, appelés chez nous « tourtisseaux » ou

---
[106] Le 2 février, le nom en vient des chandelles ou cierges que l'on allumait lors de cette fête pour célébrer la lumière.

« bottereaux », et « merveilles » en bon français. Il nous revenait, à nous les enfants, de découper dans la pâte étalée les formes plus ou moins bizarres, ou les tresses, que nous prenions plaisir à voir gonfler et se déformer dans la poêle d'huile bouillante.

Le Mercredi des Cendres était le premier des quarante jours du Carême, période de jeûne pour les catholiques avant la fête de Pâques. Cérémonie matinale à l'église ce jour là, ou comme la dénomination de ce jour l'indique, on nous déposait sur le front une pincée de cendres en symbole de pénitence ; plus question de manger les pâtisseries pendant toute cette période.

Je ne me souviens pas de quelle manière nous respections la consigne du jeûne au quotidien, dans la famille. Nous contentions nous de faire « maigre » tous les jours, au lieu du seul vendredi, jour du poisson, auquel nous étions astreints le reste de l'année ? Mais la fin de cette longue période approchait quand arrivait le dimanche de la Passion, deux semaines avant Pâques.

La semaine d'après, c'était le dimanche des Rameaux[107]. C'est ce jour là que le curé procédait avant la grand messe à la bénédiction des bouquets de verdure, généralement de buis mais parfois de conifères, apportés par chaque famille ou fidèle. La messe de ce dimanche était particulièrement longue, car la liturgie de l'évangile comportait la lecture intégrale d'une des versions de la passion du Christ (selon Saint Mathieu, je crois). Lors de ces lectures il m'est arrivé de laisser vagabonder mon esprit en contemplant les taches de lumière rouge, verte et violette, que le soleil faisait courir sur le dallage de l'église après avoir traversé les vitraux colorés.

------

107 En commémoration de l'entrée triomphale de Jésus à Jérusalem, salué par la foule l'acclamant avec des rameaux de palmiers, quelques jours avant sa passion,

A la fin de cet office, chacun repartait chez lui avec son bouquet de rameaux bénits qui allait se joindre au crucifix qui ornait un mur de chaque pièce au dessus de la porte, ou à la tête du lit dans toutes les chambres.

Après ce dimanche des Rameaux commençait la « Semaine Sainte » particulièrement chargée en cérémonies à partir du jeudi. Ce jour là, « Jeudi Saint », la messe avait lieu le soir, elle marquait le départ des cloches à Rome. Ces dernières allaient donc rester silencieuses en signe de deuil, et jusqu'au samedi soir, l'appel de la population aux différents offices se faisait par des enfants de chœur qui parcouraient les rues du village en agitant des crécelles de bois.

Le Vendredi Saint, nous allions à la cérémonie du chemin de croix en début d'après-midi, à l'heure ou Jésus était sensé avoir rendu son dernier soupir.

Puis le samedi soir c'était la veillée pascale, au cours de laquelle le prêtre allumait le cierge pascal à partir d'une grande flambée de fagots devant l'église.

Ce qui ne nous dispensait pas de la grand messe du dimanche de Pâques, au cours de laquelle chacun devait communier pour « faire ses Pâques », A cette époque, l'hostie était portée par le prêtre directement à la bouche des fidèles agenouillés. C'était pour certains, qui passaient l'année en « état de péché », leur seule communion de l'année.

Le jour de Pâques, s'il célébrait la résurrection du Christ, était aussi symbole de renouveau de la nature, et les dames se faisaient une obligation, sauf météo trop défavorable, de sortir leurs tenues et chapeaux de printemps, tenues qu'elles arboreraient à chaque cérémonie jusqu'à l'été. Notre mère ne dérogeait pas à cette coutume ; c'était aussi pour nous l'occasion de laisser les pantalons d'hiver et de remettre les culottes courtes.

Quarante jours plus tard était fêté le jeudi de l'Ascension[108] de Jésus, fête d'obligation. Les lundi, mardi et mercredi qui le précédaient on célébrait les « Rogations ». Ces jours là, de bonne heure le matin avant l'école, une procession partie de l'église circulait dans les rues et chemins du village, pendant laquelle était récitée une litanie où les anges et les saints étaient invoqués pour éviter les multiples maux qui nous guettaient (guerres, épidémies, famines....) et favoriser l'abondance des récoltes.

Cette période, autour de l'Ascension et, dix jours plus tard, le dimanche la Pentecôte[109], était celle des communions, première communion ou communion « privée » à sept ans et communion « solennelle » à onze ans, renouvelée à douze. Entre ces événements, aux environs de neuf ans, nous recevions la confirmation, donnée par l'évêque lui même, pour nous rappeler que le Saint Esprit était en nous ; nous en retenions essentiellement que ce rituel nous valait une gifle (ou plutôt une tape sur la joue) de la part du prélat, certes symbolique et plutôt bienveillante.

Pour les enfants qui étaient en âge de recevoir ces sacrements, les célébrations étaient précédées de périodes de « retraite ». Pendant quelques jours, nous n'allions pas à l'école, mais étions rassemblés par le curé, ou un autre ecclésiastique envoyé par la hiérarchie pour l'occasion, et nous passions les journées en prières, méditations et pénitences. Il fallait que nos âmes soient bien pures de nos nombreux péchés et de toutes les turpitudes du monde dans lequel nous vivions.

----
108 Selon les écritures, il est monté au ciel sans sépulture terrestre.
109 Comme son nom l'indique cinquante jours après Pâques.

Dans mon souvenir, la tenue était « libre » pour les premières communions, et je me souviens avoir arboré ce jour là[110] un chouette petit costume (neuf ! quelle aubaine, c'était la première fois), veston et culotte (trop jeune pour porter un pantalon!) en lainage faux-uni de dominante beige.

Pour les communions solennelles, c'était plus sérieux, les filles en aube blanche et les garçons en costume (avec pantalon cette fois!) bleu marine, arborant au bras gauche un « brassard » de tissu blanc, dûment repassé et amidonné, symbole de la pureté de celui qui le portait. Les gants blancs étaient aussi de rigueur pour cette occasion.

moi en communiant 1959

Quand à mon tour j'ai eu onze ans, les règles vestimentaires pour les garçons avaient changé, et je n'ai pas eu droit au beau costume bleu marine, mais à une aube blanche que nous avions louée, ce n'était pas aussi valorisant!

Nous avons une belle photo datant de 1956[111], prise devant notre maison, tous les six de la famille, avec Claude, douze ans, et André, onze ans, en tenue de communiants, et sur laquelle, avec mes huit ans, je porte le costume de ma première communion de l'année précédente.

- -
110 24 avril 1955
111 Voir page ci-contre.

Ces événements religieux étaient l'occasion de repas de fête en famille. Chez nous pas de grands rassemblements avec grands-parents, oncles et tantes, la pièce à vivre n'y aurait pas suffi, mais les parrain et marraine et leurs conjoints étaient invités.

1956 communion solennelle Claude et André

Le menu était à la hauteur de l'évènement avec, le plus souvent, poulet rôti au lieu des quasi traditionnels poule au pot ou pot au feu du dimanche.

Le dessert, lui était de premier choix : gâteau quatre quarts et « caillebottes ». Cette préparation traditionnelle de Vendée est faite de lait caillé non égoutté pris en masse, qui surnage dans le petit lait ; ce « gâteau » de caillé est servi très frais et découpé en parts selon le nombre de convives. Décrit comme cela, il n'a pas l'air très appétissant, mais saupoudré de sucre, c'est un régal auquel je n'ai pas eu l'occasion de goûter depuis longtemps, au moment où j'écris ces lignes.

Ces agapes inhabituelles ne nous dispensaient pas pour autant d'assister aux vêpres en début d'après-midi !

Après la Pentecôte, la Sainte Trinité[112] était fêtée le dimanche suivant. Puis venait la Fête-Dieu, ou fête du Saint Sacrement. Pour ce jour particulier des autels, ou « reposoirs », étaient dressés à l'extérieur chez certaines familles, et pendant la grand-messe nous allions en procession, en chantant des cantiques, prier devant chacun de ces autels. Le prêtre, portant l'ostensoir, était abrité sous un dais porté par quatre hommes, devant lequel des enfants de chœur avec des corbeilles lançaient sur le sol des poignées de pétales de roses et de fleurs mélangées.

Les reposoirs étaient ornés de fleurs naturelles ou de roses de papier, et les rues qui y menaient depuis l'église étaient soigneusement balayées et le sol décoré, de place en place, de motifs religieux au moyen de rameaux de verdure et de pétales de fleurs. Dans les quelques jours précédents, nous avions couru la campagne pour récolter en quantité les fleurs sauvages nécessaires pour réaliser tous ces ornements : iris à fleurs jaunes, pétales d'églantines roses et blancs, genêts dorés et marguerites.

Le mois de mai était le « mois de Marie », en dévotion à la mère de Jésus, et tous les soirs nous allions chez l'un ou l'autre de nos voisins réciter le chapelet, quand ce n'était pas un « rosaire » entier, soit trois chapelets d'affilée, à l'église. Je ne suis pas certain qu'au bout du mois notre ferveur d'enfants restait à son maximum.

C'est le respect de cette dévotion à la vierge qui voulait

---
112 D'où l'expression, « à Pâques ou à la Trinité », pour un événement à venir dans un futur incertain. Avoir fêté la Trinité avant la Pentecôte se disait aussi d'une jeune femme qui se mariait en étant enceinte.

qu'on ne se marie pas en mai ! Règle qu'en 1969 nous n'avons pas respectée, Cosette et moi, en nous mariant le 24 de ce mois, malgré les réticences de ma mère ; mais entre temps pas mal de règles ou coutumes avaient évolué depuis le début des années soixante.

Le mois de juin était, lui, consacré au Sacré Cœur de Jésus., avec son cortège de célébrations dont je ne me rappelle plus le détail.

Le temps après la Pentecôte jusqu'à la fin du cycle liturgique annuel était celui ces dimanches « ordinaires ; deux grandes fêtes d'obligation venaient en rompre l'apparente monotonie.

Le 15 Août c'était la fête de l'Assomption de la vierge Marie, qui, comme son fils Jésus, est montée au ciel sans connaître de sépulture terrestre. Pour ce jour là, les communiantes et communiants de l'année ressortaient leurs habits de cérémonie, et après les vêpres de l'après-midi , une grande procession se dirigeait vers la statue de la vierge qui se dressait à la sortie du village sur la route de la Chaize. Les cantiques à la vierge, ave maria, magnificat et autres, étaient entonnés à pleine voix ; et les garçons en tête du cortège portant haut de grands étendards de tissus et voilages blancs apportaient à l'événement une touche assez surréaliste en référence à aujourd'hui.

Le 1er novembre la Toussaint , « fête de tous les saints » était moins célébrée que le 2 Novembre, jour des morts, c'était ce jour là que se faisaient les visites au cimetière.

Souvent pour toutes ces fêtes, comme pour certains mariages, c'était le jardin de notre père qui fournissait gracieusement les fleurs pour décorer l'autel de l'église : glaïeuls, dahlias, roses et chrysanthèmes, qu'il allait porter lui même au sacristain[113] ou aux dames en charge de la préparation des cérémonies

Pour toutes ces célébrations le curé était assisté d'enfants de chœur, garçons en principe choisis pour leur bonne tenue à l'école et au catéchisme. Avec leur soutane rouge et leur surplis[114] blanc, ils « servaient » la messe et étaient de service en tête de toutes les processions, portant la croix, les cierges ou l'encensoir. Mes frères Yves et Claude ont assumé cette mission jusqu'à leur départ en pension ; André et moi n'avons eu droit à cet honneur qu'une fois chacun, en tant que remplaçants (sic), sans doute n'étions nous pas assez exemplaires, au quotidien, pour être dignes de cette tâche.

Il aurait fallu un empêchement bien impérieux pour que notre mère ne se rende pas à la sortie de l'église, à chaque mariage, pour « voir la mariée », et faire les commentaires sur les tenues vestimentaires du cortège avec les voisines.

Pour les funérailles, on ne faisait pas appels aux services de pompes funèbres, il n'y en avait pas dans nos villages. L'information d'un décès était diffusée par une personne qui allait de maison en maison « appeler à l'enterrement ». A la sortie de la cérémonie d'obsèques, le cercueil était porté de l'église au cimetière sur un chariot à roulettes poussé par des hommes proches du défunt. Comme tout le monde se connaissait, chaque famille avait à cœur d'être représentée pour ces enterrements, sauf fâcheries.

A la fin du printemps l'organisation de la kermesse paroissiale annuelle sollicitait les bonnes volontés. Elle se

---
113 Ou bedeau, personne chargée de l'entretien de l'église et des ornements liturgiques, de remonter l'horloge du clocher, et de sonner les cloches.
114 Espèce de tunique à manches courtes, souvent bordée de dentelle, qui se portait au dessus de la soutane.

déroulait un dimanche dans le pré jouxtant la cour de l'école, et nous passions les récréations du samedi à regarder les bénévoles mettre en place les différentes attractions. Cette fête populaire commençait par une messe solennelle le dimanche matin, et s'ouvrait dans l'après-midi avec un défilé de la fanfare de l'Aiguillon sur Vie, un des villages voisins.

Dans ma toute petite enfance, je me souviens d'un tel cortège devant notre maison du Moulin, alors en cours de construction, avec un char décoré en forme de bateau sur lequel on m'a fait monter au passage, rejoignant d'autres enfants qui y étaient installés. Mais au bout de quelques dizaines de mètres, le bateau de papier et de bois s'est brisé et j'ai du sauter dans les bras de mon père qui marchait à proximité. Ouf ! Plus de peur que de mal et cette mésaventure ne m'a heureusement pas dégoûté des bateaux.

Parmi les attractions qui avaient le plus de succès, outre la buvette bien sûr, il y avait les balançoires en bois en forme de bateaux pointus, que les plus audacieux des grands s'évertuaient à faire aller le plus haut possible pour impressionner les filles. Il était parfois bien difficile pour les responsables de ce stand de faire ralentir et arrêter ces imprudents avec une poutre de bois qui venait frotter sur le fond de la nacelle.

Le tir à la carabine était aussi bien fréquenté, mais à une époque, la plus populaire des curiosités de la fête a été la voiture aux roues arrière excentrées que j'ai évoquée parmi les attraits de notre cour d'école. Le spectacle de la jeunesse, filles et garçons installés à l'arrière du véhicule sur des bancs de bois et se faisant copieusement secouer sur le circuit autour du pré de la kermesse faisait la grande joie des spectateurs. Pour notre part, nous les regardions avec envie ; les cent francs[115] que nous avaient donnés nos parents pour

---
[115] Correspondant à environ deux euros en 2021.

l'occasion ne nous ont jamais permis le plaisir d'un seul tour sur cette carriole.

Malgré que toute l'année soit rythmée par les manifestations et cérémonies religieuses, sans doute la hiérarchie catholique considérait que notre communauté villageoise était encore trop sollicitée par les tentations du monde moderne.

A intervalles réguliers de quelques années, en général en hiver, il y avait donc les « missions », périodes de deux ou trois semaines, pendant lesquelles des ecclésiastiques, le plus souvent des missionnaires habituellement en poste dans des pays d'Afrique, venaient nous prêcher la bonne parole. C'étaient des veillées de prière, des prêches et des processions, des projections de films courts métrages édifiants.

J'ai peu de souvenirs de la mission qui s'est déroulée en décembre 1952, j'étais trop petit pour vraiment participer aux veillées de prières et réjouissances. Je crois toutefois que c'est de cette époque que me reviennent les images de trajets dans la nuit avec mes frères pour rejoindre l'église dont la nef était toute illuminée de couleurs et décorée de guirlandes de fleurs artificielles artisanales.

Ces décorations étaient confectionnées pendant les veillées, au cours de véritables ateliers mobilisant femmes et enfants. Bande de papier cristal dentelé, frisée d'un coup de lame de ciseaux pour faire une rose, ou bande de papier crépon doublée pour une pivoine, avec le cœur fait d'une boulette recouverte de papier chocolat et un lien en fil de fer ou de laiton, et voilà une fleur prête à rejoindre les quelques dizaines déjà préparées. On pouvait alors fabriquer une guirlande, habiller une croix ou une couronne, ou décorer un autel ou quelque objet liturgique.

La paroisse en faisait aussi l'occasion de rénovation des statues et calvaires qui avaient été érigés aux carrefours ou le long des routes.

En février 1959, j'étais plus grand, et notre quartier était à l'honneur car c'était la statue du Sacré-Cœur du Moulin, proche de notre maison, qui a été rénovée. Les grands cyprès qui l'entouraient ont été abattus, la statue démontée et amenée dans l'atelier de notre père pour être brossée, grattée et repeinte. Il a fallu en passer du temps avec le grattoir et la toile émeri pour enlever la rouille dans les plis de la tunique et les détails du buste, avant de lui redonner l'éclat du neuf avec une finition de couleur aluminium.

procession de mission en 1959

Cette statue a été remise en place sur son socle, rénové lui aussi, le dimanche de clôture de la mission, en grande procession depuis l'église. Pour l'occasion, un arc de triomphe représentant la « pêche miraculeuse » avait été édifié au Moulin, au dessus de la route.

Il existe une photo de groupe des habitants de notre quartier, prise lors de cette journée. A ma connaissance, cette mission de 1959 a été la dernière qui ait eu lieu à Landevieille.

Dans les années qui ont suivi, c'est notre père Octave qui s'est chargé de l'entretien des massifs de fleurs qui entouraient la statue du Sacré Coeur, qui n'existe plus aujourd'hui.

Quelques manifestations religieuses rassemblaient les populations de plusieurs communes ou paroisses, c'était le cas des pèlerinages. Celui dont je me souviens n'était pas comparable avec les grands événements nationaux, comme celui de Lourdes pour lequel, tous les ans, le sacristain de Landevieille partait à bicyclette[116] vers les Pyrénées participer au pèlerinage diocésain d'été; pour cela, il délaissait donc ses tâches paroissiales pendant deux bonnes semaines, au bout desquelles on le voyait revenir avec son vieux vélo qui n'avait rien à voir avec nos machines modernes avec leurs plateaux et vitesses multiples.

Pour nous c'était au village de Martinet, à une quinzaine de kilomètres seulement, le troisième dimanche de septembre, le pèlerinage à Notre Dame de la Salette. Non qu'il s'agisse du véritable lieu où la vierge Marie serait apparue à deux jeunes bergers, qui se situe en Isère[117], mais dans ce village un parc avait été dédié à cet événement avec une reproduction des lieux de l'apparition.

Nous partions donc de bon matin, en vélo bien sûr, pour

---
116 Aller-retour, ça fait quand même environ 1100 kilomètres !
117 En 1846

rejoindre les fidèles qui se rassemblaient dans le dit parc et participer aux offices et réjouissances de la journée, dont le pique-nique en commun. Si le pèlerinage était la première des raisons de notre déplacement de ce jour particulier, la seconde était pour rendre visite au parrain de notre père, qui résidait à Martinet et répondait au prénom peu commun de « Dosité ». Après les offices de la journée et le coup de liqueur du parrain, le retour à vélo paraissait parfois un peu long.

Baignant dans cette ambiance religieuse, il nous paraissait naturel que les études secondaires que l'on nous proposait restent dans ce cadre de l'instruction catholique privée. Par ailleurs je ne me souviens pas qu'on m'ait informé des possibilités offertes pour cela dans l'enseignement public.

Notre Dame de la Tourtelière.

Pendant l'été 1959, il a donc fallu préparer ma rentrée en pension, à l'École Normale d'Instituteurs de l'Enseignement Catholique : Notre Dame de la Tourtelière, à Montournais.

En premier lieu le trousseau, selon la liste préconisée par l'institution, et dont toutes les pièces devaient être marquées d'un numéro cousu, pour moi c'était le N°76 ; puis le nécessaire pour entretenir les chaussures, brosses, chiffons et cirages dans une boite en bois (elle aussi frappée du même numéro) fabriquée par notre père ; sans oublier la trousse de toilette avec la boite à savonnette, le peigne et le fin du fin : la brosse à dents et le tube de dentifrice ; comme je l'ai déjà dit je n'en avais jamais eu ou utilisé avant ! Il est vrai que ce ne sont pas les bonbons ou les sucreries que nous consommions si peu, qui risquaient de m'avoir gâté les dents !

Pour ranger et transporter tout çà, y compris le matériel scolaire, il avait fallu faire fabriquer une malle en bois par le menuisier. J'ai eu l'opportunité de récupérer aussi celle de mon frère Claude plus tard, et ces malles ont accompagné certains de mes déplacements d'adulte comme notre séjour au Maroc en 1969/71 et l'une d'elles reste utilisée par notre fille Julie comme meuble d'appoint.

L'établissement, où je serais toutefois avec mon frère Claude qui y était pensionnaire depuis déjà trois ans, était situé à l'autre bout de la Vendée, en plein bocage et recevait des élèves de tout le département, tous internes. Les parents s'étaient donc rapprochés, sans doute à l'instigation de l'institution, pour organiser le ramassage et le voyage le jour de la rentrée.

Pour notre secteur, c'est un autocar de l'entreprise de transport des frères Tesson, de Landevieille, qui assurait ce service. Nos parents nous accompagnaient pour ce jour de rentrée et c'était pour eux l'unique occasion de l'année de visiter l'établissement et de rencontrer l'équipe de direction. Ma première rentrée de pensionnaire a donc eu lieu le 24 septembre 1959 ; je ne reviendrai à Landevieille qu'au bout de trois mois tout ronds, le 24 décembre.

Le départ s'est fait de bon matin, nous étions dans les tout premiers à prendre place dans l'autocar. Jusqu'à l'approche de la Roche sur Yon, les arrêts étaient fréquents : Vairé, Saint Julien, Martinet, Beaulieu.... A chaque fois, le bus se remplissait d'élèves, de leurs parents, et des malles qui à la fin voyageaient arrimées sur le toit. Ensuite, nous entrions dans le bocage traversant sans plus nous arrêter Bournezeau, Chantonnay, Mouilleron, Réaumur, et enfin Montournais ; passé le village et une dernière côte : Notre Dame de la Tourtelière.

L'établissement avait été construit à partir d'un « château », ou plutôt d'une demeure bourgeoise de deux étages, agrandi par tranches successives des bâtiments d'enseignement et d'hébergement.

A l'arrivée, dans la cour d'accueil, c'était un désordre d'autocars et de voitures particulières qui amenaient les pensionnaires depuis toute la Vendée. Une fois les renseignements pris pour l'affectation des locaux suivant les âges et les classes, les bagages, dont les fameuses malles, étaient déchargés et acheminés vers les dortoirs. Je découvrais avec une certaine appréhension ces lieux impersonnels, avec les dizaines de lits métalliques alignés par rangées. Les affaires et effets personnels étaient disposés dans des armoires dans un local commun à chaque dortoir ; et les malles remisées dans les combles jusqu'à la fin de l'année scolaire, au prochain mois de juin.

Une fois que tout avait trouvé sa place, le linge et les vêtements au dortoir, les livres et fournitures en salle d'étude, et qu'après une visite rapide des lieux nos parents aient rencontré la direction, il était temps pour eux de repartir avec l'autocar. Après un dernier au-revoir quelque peu émouvant, car je les quittais pour la première fois pour plusieurs semaines, je me suis retrouvé dans ce nouvel univers.

Heureusement que pour ces premières heures, je n'étais pas seul et que mon frère Claude, qui connaissait bien l'établissement, m'y a accompagné et guidé pour une première découverte.

En prolongement de l'aile nord du « château » se situait le réfectoire, avec au sous-sol la cuisine, et au dessus à l'étage, je crois les logements des sœurs qui assuraient les tâches d'intendance : les repas, la lingerie et le ménage.

En continuité, formant un ensemble en U entourant la grande cour plantée d'arbres et ouverte vers le sud-ouest, trois bâtiments abritaient des classes au rez de chaussée et un ou deux étages de dortoirs. La dernière branche du U abritait la chapelle à son niveau inférieur, et à son extrémité ouest, au dessus de deux salles d'études, un amphithéâtre/salle de projection.

Le bâtiment central du U était surmonté d'un clocheton avec une horloge égrenant le temps scolaire, de prière ou de détente. Elle sonnait un coup de cloche à dix, à vingt-cinq, à quarante et à cinquante cinq minutes ; deux coups au quart ; quatre à la demie ; six à trois quarts et huit à l'heure pile, plus le décompte des heures. Ce rythme ininterrompu allait accompagner de façon parfois lancinante mes trois années de pensionnat dans cet établissement.

Institution Notre Dame de la Tourtelière

Un bâtiment bas à terrasse à usage de préau et de sanitaires séparait la cour principale, arborée, d'une cour secondaire en léger contrebas, au sol stabilisé et servant aussi de terrain de sport. Tout autour, c'était la campagne, sans clôture ; prés, bois ou champs cultivés de la ferme jouxtant l'établissement et qui en dépendait. Le village de Montournais était distant d'environ un kilomètre et demi.

Pour le repas du soir, j'ai découvert le réfectoire, vaste salle où les tables, alignées en plusieurs files continues, nous accueillaient sur des bancs de bois. Contre le mur donnant sur la cour était installée la longue table des « officiels », religieux pour leur grande majorité, présidée par le supérieur, entouré du directeur des études et de l'économe. Nous étions installés à table par classes, je n'avais donc plus Claude près de moi, il avait rejoint ses compagnons de troisième.

Debout près de nos bancs, il a fallu attendre la prière et le signal nous autorisant à nous asseoir. La discipline qui allait régir notre séjour n'attendait pas pour se mettre en place. Puis, une fois installés, nous avons pu commencer à faire connaissance entre voisins de table ; arrivant directement en cinquième, avec mes onze ans et quelques mois, j'étais le plus jeune de la tablée.

Après ce premier dîner et un court passage par la cour, nous avons rejoint le dortoir. Pour la toilette, la salle d'hygiène collective de chaque dortoir était équipée de quelques cabines de WC avec cuvettes à la turque, et d'un grand lavabo central avec une rampe de robinets, d'eau froide uniquement.

Ce premier dortoir rassemblait une trentaine de lits, chacun avec un petit meuble de chevet permettant de ranger un strict minimum d'effets personnels. Le surveillant n'avait pour toute intimité qu'une cabine entourée de draps blancs tendus sur des tringles.

Ai-je bien dormi ? Ai-je repassé dans ma tête mes souvenirs de l'été qui venait de s'achever ? Avais-je déjà oublié les soirées avec nos parents et les couchers à Landevieille ?

Je ne me souviens pas de ma première nuit de pensionnaire mais dès le lendemain il a fallu se mettre au rythme matinal de l'établissement :

- lever vers 6h40,
- messe à 7h,
- petit déjeuner à 7h30,
- début des cours à 8h.

L'office du matin allait donc commencer toutes les journées des trois années de ma scolarité à la Tourtelière, sauf le dimanche où c'était la grand messe en milieu de matinée. La ferveur était elle au rendez-vous ? Certainement pas pour tout le monde ; si tôt le matin, un certain nombre d'entre nous n'étaient pas encore très réveillés ! Les prêtres séjournant sur place célébraient cet office à tour de rôle, et suivant la célérité ou les habitudes de chaque officiant, il pouvait durer entre dix et vingt minutes, ce qui est somme toute plutôt rapide pour une messe complète!

Certains élèves avaient une expérience d'enfants de chœur, ils servaient donc l'office collectif dans la chapelle commune. Cependant, comme tous les ecclésiastiques avaient obligation de célébrer quotidiennement une messe, il y avait donc pour cela des petites salles individuelles et chacun des élèves était tenu d'assurer le service de ces offices privés pour un prêtre durant une semaine, à tour de rôle. Je dois dire que lorsque mon tour est arrivé, même si je n'étais plus un novice dans l'établissement, je n'ai pas été très brillant dans cet exercice. Si je connaissais plutôt bien les répons aux oraisons de l'officiant, je n'ai jamais su très exactement quand il fallait s'agenouiller, se relever, ou agiter la sonnette.

Outre le rythme du temps donné par le clocheton, les appels en cours ou au réfectoire étaient sonnés à la cloche.

C'était une cloche à main, accrochée au mur du réfectoire, et actionnée par un élève de troisième, un grand costaud prénommé David, qui s'acquittait de cette tâche avec autant de vigueur à tirer la chaîne que de ponctualité.

Le petit déjeuner se composait de chocolat ou café au lait, avec du pain ; il était parfois accompagné de fromage, de type camembert, de forme carrée, souvent assez avancé et d'un goût plutôt fort à nos palais d'enfants. Chacun de nous gardait donc quelques douceurs dans des boîtes métalliques rangées dans des casiers : beurre, confiture, quelques biscuits ; on appelait ça la « cantine [113] ». On pouvait renouveler ces denrées en achetant auprès de l'intendance, mais je me souviens d'avoir mangé bien souvent du beurre rance quand il avait séjourné trois semaines ou plus dans la boite, non réfrigérée bien sûr.

Les cours étaient assurés par les religieux, suivant les compétences que chacun d'eux avait acquises au cours ou en complément de sa formation ecclésiastique. Les matières et programmes étaient identiques à ceux de l'enseignement public car les examens en cours et fin d'études, brevet élémentaire et baccalauréat, étaient les mêmes. Avec quelques matières particulières toutefois, l'instruction religieuse d'une part, et le chant d'autre part.

L'emploi du temps était bien rempli, sur tous les jours de la semaine, sauf le jeudi dont l'après-midi était consacré au sport, et le dimanche où après la matinée que la grand-messe occupait principalement, l'après-midi était « libre ».

Après le déjeuner, la pause de midi comprenait un grand temps de récréation qui était mis à profit pour des jeux,

---

118 C'est la même expression qui est utilisée dans les établissements carcéraux pour les denrées, tabac par exemple, que les détenus se procurent à titre personnel.

collectifs ou plus individuels. A l'arrêt des cours, en principe à dix-sept heures, il y avait un goûter, au cours duquel nous puisions chacun dans notre « cantine » ; puis après une nouvelle récréation, nous nous retrouvions en salle d'étude avant le dîner qui avait lieu à dix-neuf heures.

Un dernier temps d'étude après dîner nous amenait à vingt et une heures, heure du coucher à laquelle nous rejoignions le dortoir. L'extinction des lumières ne se faisait pas trop attendre, l'obscurité n'étant toutefois jamais totale tant que subsistait la lumière de la cabine de draps du surveillant qui nous offrait un spectacle involontaire d'ombres chinoises. De telles journées « ordinaires » étaient somme toute bien occupées.

La toilette quotidienne restait sommaire, au gant devant le grand lavabo collectif, à l'eau froide, même en plein hiver !La douche hebdomadaire prenait place dans la matinée du vendredi. Ce matin là chacun de nous emportait en classe ses affaires de toilette et linge propre, et pendant les cours on nous appelait par groupe d'une dizaine d'élèves pour nous rendre à l'unique salle de douches située au sous-sol du bâtiment central. Nous laissions nos vêtements dans un vestiaire commun puis pénétrions en sous-vêtements, chacun dans une cabine individuelle (pas question de découvrir sa nudité, même entre gamins). Une fois nus, nous attendions que le prêtre économe actionne depuis le vestiaire la vanne collective d'eau chaude qui alimentait les pommes de douches.

Le déroulement était immuable et ne prenait pas plus de dix minutes: quelques dizaines de secondes d'eau chaude, puis un temps de savonnage, une nouvelle phase d'eau chaude, re-savonnage, puis rinçage, essuyage et sortie des cabines. Le tout était ponctué les consignes énoncées à voix forte pour chaque phase par l'abbé économe qui manœuvrait la vanne d'eau chaude. Ce rituel était le même pour les petits de sixième et pour les grands de terminale. Une fois séchés et rhabillés, nous rejoignions notre classe et reprenions en marche le cours délaissé une dizaine de minutes.

Même si j'ai pu avoir, au début, quelques difficultés d'adaptation, je me suis accommodé de cette organisation ; de toutes façons, il n'y avait pas le choix. Il m'est arrivé, au tout début, d'avoir des incontinences nocturnes qui m'ont perturbé car le respect de l'hygiène intime n'était pas trop à l'ordre du jour. J'ai aussi subi quelques railleries car, habitué à parler notre patois, j'employais parfois des mots ou expressions qui rappelaient par trop mon origine villageoise et campagnarde. Non que mes camarades aient été malveillants, mais des gamins en groupe ne sont pas toujours d'une indulgence parfaite.

Par ailleurs il n'y avait pas parmi nous d'écarts trop importants de condition sociale, les bourgeois ou les riches n'étaient pas ou peu représentés parmi les élèves ; et puis nous étions tous pensionnaires, à la même enseigne, même le fils de la ferme attenante qui pouvait cependant apercevoir ses parents presque tous les jours.

Pour le linge, l'établissement avait un service de buanderie, et chaque semaine, nous pouvions changer au moins les sous-vêtements. Les effets, qui étaient tous marqués à notre numéro, nous étaient ramenés une fois propres au dortoir.

Pendant ce temps d'acclimatation pour moi, nos parents devaient, eux, s'accoutumer à rester seuls à la maison, sans leurs quatre garçons. J'imagine que cela n'a pas du être facile, quoique Yves revenait régulièrement pour passer le dimanche avec eux, et André pour les « petites » vacances de mi-trimestre.

En 1959, Octave et Henriette n'avaient respectivement que quarante quatre et trente sept ans.

Pour communiquer avec eux, pas de téléphone bien sûr, le seul moyen était le courrier. Nous leur écrivions régulièrement, mon frère Claude et moi, avec la particularité que les lettres au départ devaient être remises non cachetées au surveillant d'étude, afin que la hiérarchie puisse s'assurer qu'elles ne contenaient pas de propos « inconvenants » ou susceptibles de porter atteinte à l'institution ou à sa réputation. De même, le courrier à l'arrivée nous était remis ouvert, après avoir été lu et contrôlé ! Je crois me souvenir que lorsque j'étais en quatrième et Claude en seconde, une de ses correspondances au départ à l'intention de nos parents, qui comportait des observations de sa part sur la mauvaise qualité de la nourriture qui nous était servie, lui avait valu des remontrances publiques, formulées lors de la minute de morale quotidienne en fin d'étude du soir.

Nos divers enseignants étaient ecclésiastiques pour la plupart et portaient toujours la soutane noire, même pour jouer au foot avec nous pendant les récréations. Je revois particulièrement l'Abbé Sourisseau, jeune prêtre au visage anguleux, l'un des rares de l'équipe pédagogique à m'avoir laissé un bon souvenir, et qui a été mon « confesseur », puisque chacun de nous devait faire le choix d'un tel conseiller spirituel parmi l'encadrement religieux.

Il y avait aussi le professeur de musique, l'Abbé Rousseau, qui nous apprenait outre le solfège classique, le chant grégorien et le déchiffrage de cette écriture musicale si particulière. Combien de fois ai-je regretté de n'avoir pas profité de sa disponibilité pour apprendre le piano, alors que nous avions tout le nécessaire dans l'établissement, professeur et instrument, à disposition gracieuse ! Mais quand on est gamin, on a d'autres priorités.

Avec tout ça, j'étais quand même resté bon élève, et quoique parmi les plus jeunes, je me suis retrouvé premier de la classe, sur trente trois, dès octobre 1959 ; et second en novembre, classement que je retrouve sur tous mes bulletins de notes de cette première année..

Pendant les temps libres, du jeudi (hors sport) ou du dimanche après-midi, nous pouvions soit rester dans l'établissement pour jouer ou lire, soit, en groupe, solliciter un surveillant pour nous accompagner en promenade ou pour des jeux collectifs dans les prés ou les bois voisins.

Pour la pratique du sport il n'y avait pas de gymnase ; c'était en extérieur, ou sous le préau en cas de mauvais temps. Outre les cours d'éducation physique proprement dits, notre école normale participait aux compétitions entre établissements d'enseignement catholique, réunis au sein de l'UGSEL[119]. Les entraînements et compétitions avaient lieu le jeudi après-midi.

Le sport le plus pratiqué était le foot, nous avions un terrain dans l'emprise de l'établissement. Je me suis donc inscrit pour le foot, en catégorie « benjamins ». Pour nos jambes de onze ans que le terrain était grand ! et que le ballon en cuir était lourd ! en particulier quand il pleuvait ; à cette époque, pour autant que je sache, toutes les catégories d'âge des benjamins aux juniors, jouaient sur un terrain aux mêmes dimensions et avec des ballons de caractéristiques identiques.

Quand le terrain était gras, on nous prêtait des chaussures à crampons, qui n'étaient pas de première main, loin de là ! Certains d'entre nous avaient leur propre équipement, et après quelques jeudis d'entraînement, on nous a proposé,

---
119 Union Générale Sportive de l'Enseignement Libre

pour les compétitions, de faire un achat groupé de chaussures de foot neuves. Comme tous les autres de l'équipe, j'en ai commandé ; mais quand il a fallu demander aux parents de financer cet achat, la réponse a été négative, et j'ai dû me contenter de jouer avec les chaussures prêtées par l'établissement. Cela étant, je n'ai jamais été très brillant dans cette discipline, et mes premiers matches, tous perdus, ont été un peu décevants. Ma carrière de footballeur n'a pas excédé les deux années en catégorie benjamins, après je suis passé au hand-ball avec plus de succès, jusqu'en sport universitaire.

Pendant mes années à la Tourtelière, j'ai aussi expérimenté le cross-country. J'étais plutôt un petit gabarit et nous avions la chance de pouvoir le pratiquer dans notre environnement à la campagne, dans tous types de terrains et un peu par tous les temps. Pour cette pratique aussi, on nous prêtait les chaussures adéquates, à pointes cette fois, et pour les quelques compétitions auxquelles j'ai participé jusqu'à l'échelon départemental, j'ai souvent réussi à me classer dans les toutes premières places. J'ai gardé de cet apprentissage, bien que je ne courre plus depuis longtemps, les principes de respiration qui sont utiles pour un effort prolongé, comme la marche ou le vélo quand ça grimpe !

Ces quelques compétitions, lors de rares déplacements, étaient aussi pour nous l'occasion de sortir de notre isolement et de rencontrer d'autres jeunes des établissements d'enseignement secondaire privés de Vendée : Saint Joseph de Fontenay le Comte, Saint Gabriel de Saint Laurent sur Sèvre, Saint Louis de la Roche sur Yon et le petit séminaire des Herbiers.

Est-ce à mes aptitudes pour cette discipline sportive, ou à la ressemblance des premières syllabes de notre patronyme avec le mot anglais qui désigne « l'animal aux grandes oreilles » que j'ai dû de porter pendant ces années de pensionnat le surnom de « Rabbit » ? Je penche plutôt pour la seconde hypothèse car mes goûts pour la course à pied ne m'ont jamais amené vers les épreuves de vitesse, mais plutôt vers l'endurance.

Je n'étais pas le seul de notre classe à être affublé d'un sobriquet. Un de nos camarades, dont le nom de famille était Guibert, s'est vu dénommer « Bacchus » après que nous ayons découvert en cours d'histoire que ce dieu romain était aussi appelé « Liber ». La ressemblance avec Guibert était lointaine, mais le surnom lui a collé aux basques pendant quelques années !

Comme autres distractions, la télévision n'avait pas encore atteint notre bocage vendéen, mais nous avions, chance extrême, le cinéma. Au dessus des salles d'étude de l'aile la plus récente des bâtiments il y avait, je l'ai déjà dit, un amphithéâtre avec une scène, un écran et une cabine de projection. De temps à autre, nous avions droit à des films longs métrages, dans le genre « ciné club », triés sur le volet car valorisant les qualités humaines et excluant toute scène à caractère érotique ou sexuel, bien sûr ! Pour moi qui n'avais jamais mis les pieds auparavant dans une salle de cinéma, c'était une vraie découverte.

Je me souviens d'avoir ainsi vu, dans le désordre :
- « Le train sifflera trois fois »[120] et « Trois heures dix pour Yuma »[121], westerns mettant en valeur le sens du devoir de leurs personnages principaux,
- « Les raisins de la colère »[122] et « Le sel de la

---

120 De Fred Zinnemann, 1952, avec Gary Cooper et Grace Kelly.
121 De Delmer Daves, 1957, avec Glenn Ford.
122 De John Ford, 1940, avec Henri Fonda, d'après le roman de John Steinbeck.

terre »[123], au sujet des luttes sociales des plus déshérités de la société américaine,
- « Le jour où la terre s'arrêta »[124], « La grande illusion »[125], « Quand passent les cigognes »[126], « La Strada »[127] « Celui qui doit mourir »[128], chefs d'œuvre valorisant eux aussi les qualités morales de leurs héros,

mais aussi des films plus légers (et en couleurs!) :
- « Sans famille »[129], « L'île au trésor »[130], « Sissi » et « Sissi impératrice »[131],

ou d'espionnage, comme « L'homme qui en savait trop »[132,,]
et bien d'autres dont je ne me souviens plus.

Dans le même esprit, nous avions aussi des conférences de Connaissance du Monde, avec la participation et les commentaires des explorateurs qui avaient tourné ces documents. Je me rappelle particulièrement deux de ces films, l'un sur Tahiti dont l'archipel était encore à l'époque peu « occidentalisé », et l'autre sur la Birmanie, le pays des Femmes Girafes[133]

---

[123] Tourné par un collectif de communistes indésirables à Hollywood, dont Herbert J Biberman, en 1953, ne sera diffusé aux Etats Unis qu'en 1965.
[124] De Robert Wise, 1951, avec Hugh Marlowe.
[125] De Jean Renoir, 1937, avec Jean Gabin, Pierre Fresnay et Eric Von Stroheim.
[126] De Mikhaïl Kolotozov, 1957, histoire romantique sur fond de seconde guerre mondiale en Sibérie.
[127] De Federico Fellini, 1954, avec Anthony Quinn et Giuletta Massina.
[128] De Jules Dassin, 1957,d'aorès le roman « Le Christ recrucifié » de Mikos Kazantzakis.
[129] De André Michel, 1957, avec Gino Cervi
[130] De Byron Haskin, 1950, d'après le roman de Robert Louis Stevenson.
[131] De Ernst Marishka, 1956 et 1957, avec Romy Schneider,.
[132] D'Alfred Hitchcock, 1956.
[133] Par l'explorateur Vitold de Golish, il s'agit de la tribu des Padung,

Pendant mes années de quatrième et de troisième, nous avions mis en place avec l'aide d'un enseignant un vrai travail de cinéphilie. J'avais pour ma part tout un classeur, avec des dizaines de fiches, par film, comportant des coupures de presse, des critiques et des commentaires.

Lorsque j'ouvrais mon pupitre en étude, c'était un portrait de Sophia Loren qui me souriait, portrait que j'avais reproduit à la gouache à partir d'une photo de magazine. J'avais un peu loupé le sourire et le regard, mais je m'en étais mieux tiré sur le décolleté !

Les élèves, tous internes, n'étaient pas autorisés à rejoindre leurs familles pour les repos de fin de semaine. Les vacances de milieu de trimestres (pour la Toussaint, ou en février par exemple) n'existaient pas encore[134], et un court répit à cette occasion se limitait à trois ou quatre jours, dimanche inclus.

Pour nous qui habitions loin, la durée et le coût du voyage rendaient impossible que nous revenions à Landevieille à cette trop courte occasion.

Partis le 24 septembre, nous sommes revenus, Claude et moi, pour les vacances de Noël, soit le 24 décembre. A onze

---

dont les femmes avaient, dès l'enfance, le cou entouré de spires de laiton.
134 Je crois savoir qu'elles n'ont été mises en place qu'à partir de l'année scolaire 1960-61.

ans, c'est long tout un trimestre sans voir ses parents. Il faut dire que de Montournais à Landevieille, le voyage n'était pas très direct et prenait largement une demi-journée.

Tout d'abord, il fallait se rendre à la gare de chemin de fer la plus proche, c'était celle de Pouzauges, en face de l'usine de charcuterie « Fleury Michon ». Pour cela, l'économe de l'établissement affrétait des autocars qui, outre la gare, desservaient un certains nombre d'autres villages d'où les pensionnaires étaient originaires.

Une fois à cette gare, nous prenions le train de la ligne «Saumur-La Roche sur Yon ». Arrivés au chef lieu du département, changement de train, direction Les Sables et nous descendions à la gare d'Olonne. Il restait encore douze kilomètres pour rejoindre Landevieille et à cette période de l'année il faisait déjà nuit ; de plus il n'y avait pas de moyen de transport en commun pour cette fin du trajet.

Nos parents, qui n'ont jamais eu d'automobile, devaient alors faire appel à quelqu'un du village qui se trouvait à passer par là pour son travail ou un déplacement. Je me souviens ainsi d'avoir fini le voyage dans la camionnette du menuisier, de retour d'un chantier aux Sables.

Inutile de dire que retrouver nos parents et nos frères pour ces vacances, ce n'était pas rien ! Et bien sûr renouer avec la cuisine familiale au lieu de celle de la pension était un vrai bonheur. Il est vrai que bien que nous ne soyons pas difficiles et habitués à manger de tout, la nourriture de la Tourtelière n'était pas d'une qualité et d'un goût irréprochables, et notre mère nous a souvent entendu nous plaindre de cela.

Ces jours de vacances passaient bien sûr trop vite, et il fallait reprendre le voyage en sens inverse. Pour arriver le soir à l'établissement, il fallait partir en fin de matinée, et parfois plus tôt, suivant le moyen qu'avaient trouvé nos parents pour que nous rejoignions la gare d'Olonne. Je me souviens, je crois lors de ma dernière année à Montournais, d'être parti une fois dès le matin avec notre voisin qui faisait sa tournée de ramassage de lait dans les fermes. Heureusement, nous avions un oncle et une tante Hermouet (du côté de notre grand-mère Augustine) qui habitaient en face de la gare et chez lesquels je pouvais déjeuner et attendre le train .

Les retours de vacances au pensionnat faisaient souvent l'objet de grandes batailles de polochons lorsque nous rejoignions nos dortoirs, car les surveillants, pour la plupart étudiants dans des établissements supérieurs d'enseignement catholique, n'étaient pas toujours rentrés avant nous.

Nous retrouvions alors la routine de l'internat, ponctuée comme la vie de Landevieille par les dimanches, fêtes et périodes religieuses particulières. Ainsi, pendant la période de jeûne du carême, les repas au réfectoire étaient pris en silence total, un élève d'une des grandes classes faisant la lecture de textes de la bible, à haute voix, pendant que nous mangions.

Il arrivait aussi que lors des fêtes de mai ou juin, comme la Pentecôte ou la Fête-Dieu, nous descendions pour la grand-messe, à pied, à l'église du village. Inutile de dire que pendant ces sorties dominicales, notre tenue et notre comportement se devaient d'être tout à fait exemplaires, à la hauteur de la réputation de l'établissement.

En mai 1960, comme j'avais douze ans, j'ai renouvelé ma communion dite « solennelle ». La plupart de mes camarades qui se trouvaient dans le même cas rejoignaient exceptionnellement leur famille à cette occasion ; compte tenu de l'éloignement, moi je suis resté sur place pour cette cérémonie. J'ai retrouvé au dos de mon bulletin de notes de mai-juin 1960 la mention manuscrite du supérieur:

« *Denis a dû prendre de bonnes résolutions à sa première communion. Il est regrettable qu'il les ait oubliées aussitôt.* » signé G. Chasseriau[135].

J'étais quand même deuxième avec quinze de moyenne ! Mais mes notes de discipline des dernières quinzaines étaient moins bonnes : 6 - passable, puis 7 - moins bien, et 5 - médiocre, pour la fin juin, avec une mention 0 au « degré du billet d'honneur » ![136] J'avais dû déjà sentir l'air des vacances proches.

J'ai retrouvé dans mes « archives » personnelles une partie des documents que ma mère avait conservés concernant mes années de pensionnat à la Tourtelière.

Quoique n'étant pas un élève particulièrement sage, mes bulletins de notes trimestriels étaient plus qu'honorables, j'ai toujours oscillé entre la première et la deuxième place au classement (hé oui, à cette époque on nous attribuait un classement suivant notre moyenne générale) sur une trentaine d'élèves.

J'ai aussi quelques unes des notes détaillées des frais de pension que nos parents devaient acquitter chaque trimestre. Par exemple, la note de décembre 1960 comprend la pension du premier trimestre 1961 et divers frais et dépenses du dernier trimestre de 1960, alors que je viens d'entamer la classe de quatrième. Cela représente grosso modo un peu moins de 200 Francs par mois.

---
135 Le « Supérieur », grand patron de l'établissement.
136 Les bulletins de notes comportaient un tableau particulier, où l'attitude des élèves était appréciée, par semaine ou quinzaine, avec les rubriques : Exercices Religieux, Travail (Effort), Discipline, Politesse et Tenue.

Ecole Normale Notre-Dame de la Tourtelière
MONTOURNAIS (Vendée)

Bulletin Mensuel de Denis RABILLER

Mois de Nov. Décembre 1960

	1er SEM.	2e SEM.	3e SEM.	4e SEM.	5e SEM.	DEGRÉ du Billet d'Honneur
Exercices Religieux .						
Travail (Effort)						
Discipline	6					
Politesse et Tenue . .						1er

VALEUR DES NOTES — 9, Très Bien. 8, Bien. 7, Moins Bien. 6, Passable. 5, Médiocre. 4, Mal. 3-1, Très Mal.

Classe de 4e	COMPOSITIONS du Mois				EXCELLENCE du Trimestre		EXAMEN			
	Note	Place	Moyenne de la classe	Barème	Moyenne de l'élève	Moyenne de la classe	Ecrit Note	Barème	Oral Note	Barème
Instruct. Relig.	29	7	26,5	40	28	23				
Histoire Relig.										
Orthographe	31	1	22,5	40	30,5	22				
Dev. Fr. ou Philo . . .	40,5	2	30	60	37,5	28,5				
Récitation	15	3	14,6	20	15,5	12,6				
Anglais	36	1	27,2	40	33	24,7				
Espagnol	30,5	3	24	40	33,5	26,8				
Histoire et Géog. . . .	25	4	24,2	40	25,5	21				
Mathématiques . . .	29	3	20	40	27	18,2				
Sciences Phys.										
Sciences Natur.	21	9	22,9	40	26,5	22,8				
Pédagogie										
Dessin	11	19	11,5	20	11	11,5				
Ecriture	4	29	5,7	10	4	5,3				
Chant	7,5	4	6	10	7,5	6				
TOTAL	274,5		227	400						
Moyenne générale	13,97	2	11,35	20	13,9	11,14				

Place en excellence au 1er Trimestre : 2e

Nombre d'élèves dans la classe : 30

OBSERVATIONS (voir au verso)

Résultats de l'Examen :
1) Admissible : oui - non
   minimum requis .... pts
2) Reçu oui - non
   minimum requis .... pts
Mention : _____

Imp. Lussaud — Fontenay-le-Comte

ECOLE NORMALE NOTRE-DAME DE LA TOURTELIÈRE
Montournais
C C.P. Nantes 290 89

M Rabiller Denis

22 DEC 1960 NOTE

Report de la note précédente.......		
Pension.............................	440	00
Literie.............................	3	50
Dégradations......................		
Lingerie, Raccommodage............	25	00
Régime particulier.................		
Cantine...........................	13	95
Livres classiques..................	52	50
Fournitures.......................	34	05
Pharmacie.........................		
Médecin...........................		
Sport, Jeux.......................	3	00
Cordonnier........................		
Argent avancé.....................		
Séances...........................	9	00
Bibliothèque......................	2	00
Voyages...........................		
Assurances........................	1	00
Radio.............................		
Téléphone.........................		
Total............................ frs	581	00
Déduire: Bourse diocésaine 40,00		
Prêt d'honneur...		
Bourse Nationale 180,00		
— 220,00	220	00
Reste.............................	361	00
Reçu Nº _____	52	50

reste 308,50

A titre de comparaison, le SMIC mensuel fin 1960 est de 284 Francs[137], soit en pouvoir d'achat 471 € actuels. On peut mesurer l'effort financier que représentait à l'époque pour nos parents de faire le choix d'études secondaires pour leurs enfants ; et ce d'autant que fin 1960, nous sommes tous les quatre en internat!

Cela étant, je ne connais ni le montant de la pension d'invalidité de notre père, ni celui des allocations familiales, ni les montants et conditions de versement des bourses d'état et de l'enseignement catholique.

J'ai donc retrouvé Landevieille pour les vacances d'été 1960, mais avec un changement d'importance : Yves, notre frère aîné, venait de terminer son apprentissage à la Chaume avec son année de spécialisation Diesel et avait été engagé courant Juin comme second mécanicien sur un thonier de Saint Gilles, le Kiludy; gros changement dans la famille et les activités de la fratrie.

Certes, il avait déjà travaillé comme saisonnier les étés précédents et il avait pu s'acheter une Mobylette « bleue[138] » pour ses déplacements, mais son entrée dans la « vraie » vie active n'était pas banale, le métier de marin nous était absolument étranger. Il partait donc pour des « marées[139] » d'une quinzaine de jours à la pêche au thon dans le Golfe de Gascogne ou sur les côtes du Portugal et jusqu'en Mauritanie. Sa rémunération en tant que second mécano, « à la part » comme pour tous les marins pêcheurs, était fonction de la quantité et du cours de vente du poisson ramené au port à la

---

[137] Pour 173 heures par mois.
[138] Modèle emblématique et très populaire de vélomoteur du constructeur Motobécane.
[139] On appelait ainsi les périodes de deux à trois semaines d'une session de pêche, entre le départ en mer et le retour au port d'attache.

fin de chaque marée. Les conditions de travail pouvaient être difficiles, mais la paye allait avec[140].

A partir de cet été là, nous avons pu sentir que la situation financière de nos parents devenait moins tendue. Yves leur avait aussi acheté un poste de radio à transistors avec la bande de fréquences « marine », ce qui leur permettait d'avoir des nouvelles quasiment chaque jour. La station maritime « Le Conquet Radio [141] » établissait quotidiennement un contact avec les bateaux de pêche du Golfe de Gascogne à la Mer d'Irlande. Chaque après-midi, entre quinze et seize heures chaque bateau était appelé, et donnait (ou non, mais plus rarement) de ses nouvelles, certes laconiquement, par exemple : « *route pêche* », « *en pêche* », « *route Saint Gilles avec huit tonnes* ».

C'était peu, mais cela rassurait les terriens que nous étions et nous permettait de savoir dans combien de temps nous allions voir revenir notre frère. Pendant la saison d'été, les escales à terre étaient courtes, et souvent bien occupées pour le mécano qui devait en profiter pour réparer les avaries, de la machine en particulier.

A la mi-septembre 1960 nous, les trois plus jeunes, avons rejoint nos internats respectifs. Claude en seconde et moi en quatrième avons retrouvé la Tourtelière, alors qu'André rentrait en troisième au Lycée Technique de Niort. Il était le premier jeune de Landevieille à quitter l'enseignement secondaire privé catholique pour un établissement public, et le curé de l'époque n'a pas manqué de faire sentir à nos

---

140 Sur les conditions et les techniques de pêche, voir les témoignages de marins des Sables sur « http://parcours-singuliers.centerblog.net/3-quatre-marins-pecheurs-aux-sables-olonne »

141 Ce pourrait être aussi « Saint Nazaire Radio », mais je n'en ai pas retrouvé trace. Ce service a été interrompu en 2000.

parents sa désapprobation à ce changement. Outre que des quatre garçons Rabiller il n'avait pas réussi à en envoyer un au séminaire, voilà que l'un d'eux s'en allait à l'« école du diable ». Il a manifesté son ressentiment à notre mère en ne lui adressant pas la parole pendant trois mois, malgré l'assiduité qu'elle manifestait aux offices dominicaux.

Après un voyage et une journée de rentrée assez semblable à ceux de l'année précédente, nous avons donc retrouvé notre pension et sa routine. Cette année là j'étais dans un dortoir de l'aile centrale, juste sous le clocheton, et j'ai bien souvent rêvé d'envoyer au diable son horloge et sa cloche dont les bruits de fonctionnement et les tintements ne nous épargnaient pas, même la nuit.

Cette deuxième année a été moins difficile que la précédente, j'avais un an de plus et je connaissais la « maison » ; je retrouvais aussi mes camarades de classe. De plus, le jour de la Toussaint tombant un mardi, nous avons pu faire un rapide aller-retour à Landevieille pour quatre jours, en comptant le jour des morts du 2 novembre.

Globalement, j'ai fait une bonne année de quatrième. En regardant mes bulletins de notes, j'étais toujours sur le podium au classement général, mais avec des résultats assez irréguliers sur certaines matières. Plutôt bon en chant (ça ne s'invente pas), je pouvais être mauvais ou bon en dessin, suivant les périodes, et carrément médiocre en écriture (mon record, vingt-neuvième sur trente au premier trimestre!).

Je pouvais aussi être un peu dissipé et trublion. Je me souviens d'une blague faite à l'un de mes camarades de classe à la table devant la mienne, en cours de géographie. Interrogé par le professeur sur les caractéristiques du climat équatorial, il restait muet, et je lui ai soufflé « *sec et humide !* », ce qu'il a répété aussitôt à haute voix, tout content de donner ce qu'il croyait être la bonne réponse. Inutile de dire que cette sortie ne lui a pas valu les félicitations qu'il espérait, mais comme je n'avais pas soufflé très discrètement, on s'est pris tous les deux un mauvais point !

Pendant les récréations, si les conditions ne permettaient pas les jeux classiques de « garçons » (ballon, poursuites, et autres jeux de groupe) en extérieur, nous jouions aux cartes, aux dames, ou aux échecs. J'avais appris facilement les règles élémentaires de ce dernier jeu, mais je me suis lassé assez vite lorsque qu'à chaque partie contre des camarades plus mordus que moi, ils dégainaient dès les premiers coups des stratégies apprises dans des publications ou ouvrages spécialisés qui ne laissaient aucune place à la réflexion où à la découverte personnelle des subtilités du jeu.

Je savais aussi profiter de certains moments de liberté que nous laissait notre emploi du temps. L'établissement n'étant pas clos, nous avions un accès quasiment libre à la campagne environnante. Le dimanche après-midi, il nous arrivait de partir en groupe, avec un surveillant, pour de longues marches le long des routes et chemins. A l'automne, nous pouvions y ramasser et croquer des châtaignes crues, par exemple.

Seuls les « terminales » pouvaient sortir librement le dimanche après-midi, mais compte tenu de l'isolement de l'institution, assez peu d'entre-eux en profitaient, en fait. Il faut dire que le village de Montournais, à un kilomètre et demie, n'offrait que peu de distractions avec sa population de seulement mille huit cents habitants, environ, à l'époque, et un seul bistrot.

Un petit ruisseau traversait une des prairies en contrebas de l'établissement, c'était aussi un de nos lieux de balades et de jeux privilégiés. Nous pouvions y construire des barrages, essayer d'y attraper des écrevisses et y patauger à l'envie. Je me souviens qu'un printemps, nous y avons construit une telle retenue d'eau qu'elle nous a servi de piscine, au grand dam de nos accompagnateurs !

Tout près de la cour, au sud ouest du château, il y avait un bois avec de grands conifères, type cèdres ou cyprès ; j'aimais bien m'y rendre, le plus souvent seul, pendant la grande récréation d'après déjeuner. J'avais choisi un de ces arbres dont les branches permettaient un accès facile à la cime, et j'y grimpais le plus haut possible pour profiter à la fois de la vue, d'un peu de solitude et du vent qui me chatouillait les oreilles ; peut être me rappelait-il le vent de la mer que nous ressentions si bien sur notre butte, au Moulin des Grèves.

C'est pendant cette année de quatrième, le 15 février 1961, que nous avons pu observer une éclipse totale du soleil, pour laquelle chacun de nous s'était équipé d'un verre fumé à la bougie, sur les conseils de nos professeurs de géographie et de sciences naturelles.

Pendant les vacances de l'été 1961, j'étais encore un peu plus livré à moi-même, car Claude et André avaient trouvé des boulots saisonniers à Saint Gilles. Ils étaient hébergés chez notre tante Jeanne (qui avait déjà à charge sa famille nombreuse!) et ils ne revenaient à Landevieille qu'en coup de vent le dimanche après-midi, d'un tour de vélo, pour raisons d'intendance.

Yves avait poursuivi dans la pêche en mer, et après un hiver au chalut, il avait un nouvel embarquement, aux Sables, comme premier mécano, sur un thonier baptisé le Rosaire. C'est pendant cet été 1961, le 12 juillet, qu'une terrible tempête a causé le naufrage de deux bateaux de pêche des

Sables, le Loulou et le Tanit[142]. Yves était en mer cette nuit là dans la baie des Sables, en attente de conditions de mer favorables pour rentrer au port. On peut imaginer notre terrible inquiétude, jusqu'à ce qu'il donne de ses nouvelles, en sécurité, le lendemain. Il nous a raconté plus tard que l'équipage bouclé dans le poste, le patron à la barre et le mécano à la machine, le bateau pris par une déferlante avait fait un tonneau complet dans la nuit.

J'ai pris ce jour-là pleine conscience des nuits d'insomnie qu'avaient dû passer nos parents en entendant mugir le vent autour de la maison du Moulin pendant que notre frère était en mer, en hiver au chalut, ou lorsqu'il partait avec sa Mobylette à trois heures du matin quel que soit le temps, pour rejoindre le bord et appareiller avant l'aube. Je crois qu'heureusement il ne leur racontait pas tout et il n'y avait pas à l'époque de téléphone portable pour donner des nouvelles instantanées.

Dans les jours qui ont suivi ce drame, j'ai eu l'occasion de me rendre aux Sables, sur le port. La perte des marins et des bateaux se faisait ressentir lourdement parmi la population. Le silence pesant de la ville n'était troublé que par le cri perçant des mouettes indifférentes au chagrin des familles.

Grand changement à la rentrée de septembre 1961. Claude avait changé d'établissement, la vocation de l'enseignement l'avait quitté et il faisait sa rentrée en première au lycée des Sables (le deuxième de la famille qui quittait l'enseignement catholique pour le public, décidément tout foutait le camp!) . J'ai donc retrouvé seul la Tourtelière, sans enthousiasme fou, même si je retrouvais mon groupe de bons copains.

---
142 Avec la disparition d'un autre bateau de l'Ile d'Yeu cette même nuit, le département de la Vendée perdait quinze marins pêcheurs lors de cette tempête.

Cette année là j'ai vécu comme une brimade particulière ce que certains auraient pu considérer comme une marque de confiance ou un honneur. Il m'a fallu, au moins pendant un trimestre, assurer le service de table des « officiels » au réfectoire. Pour cela, on m'avait placé en premier rang de la tablée des troisièmes, au plus près de la longue table autour de laquelle prenaient place la vingtaine de professeurs et personnel d'encadrement pour le déjeuner ou le dîner. Sur un signe du supérieur, qui présidait, je devais laisser mon repas en plan, débarrasser les plats vides, aller à l'office chercher les mets qui avaient été préparés par les sœurs à la cuisine, et les ramener à la table officielle ; je ne me souviens pas, par contre, d'avoir dû faire moi même le service aux convives en présentant les plats à chacun.

Non seulement ce rôle de serviteur, que je n'avais pas choisi, ne me plaisait guère, j'avais l'impression d'une punition, mais de plus j'étais profondément choqué de voir la qualité et la quantité des préparations que j'apportais à cette tablée, en comparaison de ce qui nous était servi, à nous les pensionnaires. Je revois encore les plats de steacks bien appétissants qu'il m'est arrivé de leur présenter, alors qu'adolescents et pleins d'appétit, nous trouvions nos propres portions bien maigres.

Je me demande encore comment la communauté que nous formions, de trois à quatre cents élèves et d'une trentaine de personnes d'encadrement, pouvait subsister dans un tel régime d'isolement, et de mon point de vue repliée sur elle-même. En dehors des vacances, nous n'avions pratiquement pas de nouvelles du monde, sauf le courrier très contrôlé que nous adressaient nos parents. Pas de contacts non plus avec l'extérieur ; par exemple, une chose toute bête : comment nous faisions nous couper les cheveux, pendant les trimestres entiers qu'il nous est arrivé de passer sur place ? Je ne m'en souviens pas, mais une chose est sûre : il n'était pas question pour cela de se déplacer au village.

Côté nouvelles, sur les trois années que j'ai passées dans cet établissement les événements importants dans notre pays et dans le monde ont été nombreux, par exemple :
- l'accès à l'indépendance d'un grand nombre d'états africains qui faisaient partie de l'empire colonial français, l'aggravation des événements d'Algérie, le lancement du paquebot France et l'élection de JF Kennedy à la présidence des USA en 1960,
- les premiers hommes dans l'espace, le Russe Youri Gagarine et l'Américain Alan Sheppard en 1961,
- et particulièrement en mars 1962 l'accord sur l'indépendance de l'Algérie.

Et je ne garde aucun souvenir que de tels faits aient fait l'objet d'informations, de discussions ou de débats dans notre bulle.

Cela étant, j'ai continué à travailler et à être bon élève. Je n'ai pas retrouvé mes bulletins de notes bi-mensuels pour cette année scolaire, seulement un récapitulatif de notes d'examen de fin d'année où j'affiche une moyenne générale de près de 14/20, ma seule note sous la moyenne étant en devoir de français (mais j'étais par contre excellent en orthographe!).

L'ambiance d'isolement et le manque de liberté me pesaient de plus en plus ; à chaque retour en famille, je me plaignais de la qualité de la nourriture, ce qui commençait à préoccuper sérieusement notre mère, d'autant qu'elle avait déjà entendu ce refrain les années précédentes. Les échos qu'elle avait de mes deux frères internes en lycées publics étaient bien meilleurs.

Je dois aussi dire que jamais au cours de ces trois années d'internat en établissement religieux je n'ai eu vent ni eu à souffrir de gestes déplacés de la part du personnel d'encadrement, ou de comportements de pédophilie tels que ceux qui ont été révélés dans les années récentes pour certains collèges confessionnels.

Je ne sais plus si c'est au cours du dernier trimestre de cette année scolaire ou au début des vacances d'été 1962 que la décision a été prise que je ne retournerais pas à la Tourtelière à la rentrée de septembre.

Décision qui n'était pas aisée, car comme je l'ai déjà évoqué, en contrepartie de la « gratuité » des études, il y avait un engagement de dix années à exercer dans l'enseignement catholique.

Notre mère, qui s'occupait de toute la partie administrative de la famille, a su s'en débrouiller, comme elle l'avait déjà fait pour Claude l'année précédente. Je ne crois pas que cela ait été facile, et certainement que la menace d'avoir à rembourser la somme importante correspondant à mon dédit a dû lui gâcher le sommeil pendant quelques nuits. Au final la démarche a abouti, même si elle a été probablement longue.

Mais qu'allais-je faire ? Quel établissement serait susceptible de m'accueillir ? Il était bien tard pour engager la recherche d'une autre filière, et je souhaitais rejoindre un établissement public, comme l'avaient fait Claude et André. Je n'avais pas d'attirance particulière pour rester dans la filière « moderne » et je visais plutôt un cursus me permettant d'accéder à l'enseignement supérieur, côté technique.

A ce moment-là, j'étais assez attiré par une carrière dans la marine marchande, mais avec le handicap d'une vue un peu déficiente, je savais que je ne pourrais prétendre aux carrières «pont », mais que je devrais, si je poursuivais dans cette voie, me contenter de la filière « machine », nettement moins attirante à mon goût.

Finalement, notre mère a pris contact avec le Lycée Technique de Niort, où André était déjà pensionnaire et où sa scolarité se déroulait au mieux. Apparemment, au vu de mes notes, le principe de mon entrée dans cet établissement a été acquis, mais il n'était pas question de passer automatiquement de l'enseignement privé catholique à un établissement public, il fallait pour cela passer un examen, qui validerait aussi l'attribution d'une bourse nationale.

Cependant, cette épreuve pour l'accès à la seconde technique que je visais avait déjà eu lieu, mais le proviseur du Lycée, Monsieur Pénicaud, a accepté que je passe l'examen pour l'entrée en seconde commerciale, avec la possibilité, en cas de succès et de place disponible, que je rejoigne la seconde technique.

L'examen avait lieu à Niort, et c'est encore notre instituteur de Landevieille, Monsieur Neau, qui nous a accompagné avec sa 2CV, ma mère et moi, le jour de l'épreuve, je crois en août. Départ à l'aube, bien sûr, il y a plus de cent vingt kilomètres de Landevieille à Niort, et en 2CV ça prend bien plus de deux heures ! Occasion pour Henriette de ressortir son mouchoir à l'eau de Cologne qui n'arrangeait toujours pas ni le mal de voiture ni le stress!

Je me souviens de ma découverte de l'établissement, neuf, avec ses bâtiments modernes, qui n'avait rien à voir avec la Tourtelière, et la salle d'examen au deuxième étage, avec ses larges baies donnant sur la cour.

Seul point noir pour la concentration sur les épreuves : la ronde incessante des avions militaires qui s'entraînaient à partir de l'aérodrome voisin. Il s'agissait de chasseurs monomoteurs à hélice de type T6 qui avaient écumé les ciels de bataille des derniers conflits depuis la seconde guerre mondiale à la guerre d'Algérie, on ne peut pas dire que la discrétion ait été leur qualité principale.

Le voyage matinal, le stress et le bruit des avions ne m'ont pas trop handicapé, puisque j'ai pu, à la rentrée de septembre intégrer cet établissement en tant qu'interne, en seconde technique comme souhaité, filière devant me mener au Baccalauréat section Mathématiques et Technique.

En attendant, les vacances de l'été 62 ont été pour moi les dernières oisives. Comme mes frères l'avaient déjà fait, j'allais travailler l'année suivante moi aussi en tant que saisonnier. Cette année là j'ai donc profité d'une certaine liberté ; je pouvais aller à la place d'un coup de vélo quand les parents m'en laissaient la liberté et qu'ils n'avaient pas besoin de moi pour les aider au jardin.

Yves faisait sa troisième saison à la pêche au thon, il avait changé d'embarquement pendant l'hiver et était engagé, toujours comme premier mécano, sur le Caprice des Temps[143]. Quand il revenait à la maison entre deux marées nous sous régalions du thon frais qu'il nous rapportait et que notre mère mettait en conserve pour l'hiver. J'en ai gardé la recette en mémoire, et lorsque l'occasion se présente pour moi d'acheter un thon entier à la bonne saison, je m'applique à la mettre en pratique.

C'est cet été là que j'ai appris à nager, par moi-même, dans les coureaux à marée montante, entre la Parée et le Marais Girard, avec l'aide d'un masque-tuba qui m'assurait un minimum de flottaison. Cela étant, je n'ai jamais eu beaucoup de technique en natation !

J'ai aussi fait une grande journée de balade à vélo pour voir une dernière fois quelques uns de mes (ex) camarades de la Tourtelière. Je suis parti de Landevieille pour rejoindre mon camarade Bernard Voisin à l'Aiguillon sur Vie ; de là en passant par Coëx et Aizenay, nous sommes allés jusqu'à Saint Etienne du Bois retrouver Gérard Merlet. Dans l'après-midi, nous avons tous les trois rendu visite à Christian Ricard à Belleville, puis retour par Le Poiré et Aizenay à nouveau. Jolie virée de plus de quatre vingt dix kilomètres pour laquelle j'avais pu utiliser le super vélo Peugeot qui avait encore à l'époque ses trois vitesses et son guidon « course ».

----

143 Dont le patron à l'époque répondait au surnom de « La Grenouille ». Ce bateau sera la vedette d'une sombre affaire de trafic de drogue dans le cadre de la French Connection entre la France et les USA au début des années 70. Il sera arraisonné par les douanes en Méditerannée en février 1972 avec plus de quatre cents kilos d'héroïne à bord.

Le dimanche j'étais autorisé à sortir avec mes frères, Claude et André, et nous allions traîner, à vélo toujours, à Brétignolles où ce dernier était garçon boucher chez la famille Artaud[144] et où il avait commencé à nouer des fréquentations avec quelques garçons et filles du coin[145]. Comme nous n'avions pas trop d'accès à la radio familiale pour écouter les émissions pour les jeunes[146], je me souviens très bien d'avoir entendu pour la première fois « J'entends siffler e train », par Richard Anthony dans les locaux de la colonie de vacances de l'Allier, à la Parée, en compagnie de moniteurs (et monitrices) dont André avait fait la connaissance.

A la mi-septembre j'ai rejoint mon nouvel établissement scolaire.

J'avais quatorze ans, je quittais pour de vrai le cocon villageois et vendéen. Avec la fréquentation de professeurs laïcs et de camarades dont l'appartenance religieuse n'était plus un critère de recrutement, de plus dans un établissement mixte, j'allais découvrir un monde plus ouvert, avec une liberté et une tolérance qui m'étaient inconnues ; la vie de tous les jours ne serait plus régie par les seules contraintes obligatoires de l'enseignement catholique et l'environnement de la religion.

L'éloignement de nos parents et la fréquence des retours en famille étaient du même ordre que dans mon précédent internat, mais j'avais quelques années de plus que lors de

---

144 J'ai repris ce job d'été, à sa suite, les deux étés suivants.
145 Cet été là, Claude se coltinait les caisses de bouteilles de vin pour l'entreprise L'Hériteau de l'aiguillon sur Vie, ce qui ne lui apportait pas les mêmes opportunités de fréquentations.
146 Telle « Salut les Copains » diffusée depuis 1959, mais sur Europe N°1, mais le poste familial était réglé sur Paris Inter, et pas question d'y toucher !

mon premier départ. L'hébergement, en chambres de quatre, la qualité de la nourriture du réfectoire, l'environnement éducatif et de mes camarades d'horizons différents, la fréquentation d'élèves externes, autant de conditions qui vont faire des trois années que je vais passer dans ce nouvel environnement une vraie découverte et un tremplin pour mon avenir, tant personnel que professionnel.

Tresses , Novembre 2022.

Après - propos

(je ne sais pas si ça se dit, mais je trouve ça plus amusant que post-face)

Comment exprimer les raisons qui m'ont amené à ce travail de mémoire et d'écriture ?

Certes, en premier lieu, j'ai voulu laisser à nos enfants et petits enfants une trace de ce que qu'a pu être notre enfance, à mes frères et moi, et un peu de l'histoire de nos parents et grands parents.

Par ailleurs, j'ai souhaité faire partager à nos amis et relations qui le voudraient, et qui pour la plupart n'ont pas connu la vie dans le monde rural des années cinquante, ce qu'ont été ces années pour moi.

Le récit que je fais de cette période et les faits que je rapporte n'ont rien d'exceptionnel. Beaucoup de personnes de ma génération ont vécu dans des conditions semblables, géographiques ou sociales, et auraient su témoigner de même.

Mille mercis à nos parents de nous avoir ouvert la porte vers un monde plus vaste, parfois au détriment de leur propre confort matériel et affectif. Je peux dire que j'ai eu une enfance heureuse et bien entourée.

Peut-être aussi ai-je voulu tout simplement faire mentir le dicton qui assure :

« Les gens heureux n'ont pas d'histoire »

Annexe :

La chanson de Saint Urbain
Chanson de Saint Urbanne
(sur l'air de la Paimpolaise),

source : *sainturbain.blogspot.com,* traduction par mézigue

D'aute foué dans tchou pays de la Barre	Autrefois dans ce pays de la Barre (la Barre de Monts)
Darrère Bellevue dans l'maro doux	Derrière Bellevue, dans le marais doux
Dou temps dou vieux tchuré Pouplard	Du temps du vieux curé Pouplard
Vivait un gars noumaîe Ritou	Vivait un gars nommé Ritou
Souvin dans la notte	Souvent dans la nuit
Ritou s'ébraillante :	Ritou se mettait à brailler :
Me vla passé la soixantaine	Me voilà passé la soixantaine
Dans quequ's annaïes y s'rait défunt	Dans quelques années je serai mort
Ya t'ine chose qui m'fait bé d'la païne	Il y a une chose qui me fait bien de la peine
Tché qu'y'é jamais vu St Urbanne	C'est que je n'ai jamais vu Saint Urbain
A tchou moument le chemin d'fer	A ce moment là le chemin de fer
Qui va d'Fromentine à Challans	Qui va de Fromentine à Challans
Commençait to juste à roulaïe	Commençait tout juste à rouler
Tchou qui épatait bé tché braves gens	Ce qui épatait beaucoup ces braves gens
Tcheu bon pour les fous se disait Ritou	C'est bon pour les fous, disait Ritou
Y'm contentrait bé d'une charrette	Je me contenterai bien d'une charrette
Attelaï d'un vilain basdaine	Attelée d'un vilain baudet
Ou bé d'un ptit bourriquette	Ou bien d'une petite bourrique
Por aller visiter st Urbanne	Pour aller visiter Saint Urbain[147]

Un soir d'hiver pendant la viellaïe	*Un soir d'hiver pendant la veillée*
Ritou assis sur son tabourrette	*Ritou assis sur son tabouret*
Causait d'ou bon vieux temps passaï	*Causait du bon vieux temps passé*
Avec son vosanne Raballand	*Avec son voisin Raballand*
L'y i dit si t'a vu	*Il lui dit si tu as vu*
Tché bé malheuru	*C'est bien malheureux*
Mon gars Jeannot a vu st Jean	*Mon fils Jeannot a vu Saint Jean (de Monts à 14 kilomètres !)*
Mon gars Pierrot a vu Notre Dame	*Mon fils Pierrot a vu Notre Dame (de Monts à 6 kilomètres !)*
Mon gars Louisot les fouères de Challans	*Mon fils Louis, les foires de Challans (à 21 kilomètres !)*
Pi mô y'é jamais vu St Urbanne	*Et moi je n'ai jamais vu Saint Urbain*
A cause li demande son vosanne	*Pourquoi ? Lui demande son voisin*
A cause tché taou qu'té si acti	*Pourquoi cela te préoccupe tant*
D'allé visitaïe tchou patlane	*D'aller visiter ce patelin ?*
Mo y'aime autant mon bia pays	*Moi j'aime autant mon beau pays*
Mon pauv' Raballand	*Mon pauvre Raballand*
T'é bé ignorant	*Tu es bien ignorant*
Te sais pouët que dans t'chette parosse	*Tu ne sais pas que dans cette paroisse*
L'église é pinturée en bian	*L'église est peinte en blanc*
La t'chure é couverte en ardoses	*La cure est couverte en ardoises*
La mairie a rin qu'un pignan	*La mairie n'a qu'un pignon*
A cause sa pouet dire tote	*A cause de ça pour tout dire*
L'y dit Raballand to surpris	*Lui dit Raballand tout surpris*
Demanne y nous mettrons en route	*Demain nous nous mettrons en route*
Peur la charrau d'la Besselerie	*Par le chemin de la Bessellerie*
Ritou s'en fut s'couchaïe	*Ritou alla se coucher*
Pi s' mit à chantaïe	*Puis se mit à chanter*

---

147 De la Barre de Monts à Saint Urbain, la distance est de 9 kilomètres

T'chou gars Raballand comme l'a d'lidaï	Ce gars Raballand, comme il a de l'idée
On pu dire que t'ché un gars qu'é fane	On peut dire que c'est un quelqu'un d'intelligent !
Avant d'finir ma soixantaine	Avant de finir ma soixantaine
Y v'rait torjou bé st Urbanne	Je verrai toujours bien St Urbain !
Bé d'bonne heure le lend'main matane	De très bonne heure, le lendemain matin
Le passirante t'ché pianches et t'ché barres	Ils passèrent des champs et des barrières
Le marchirante vers St Urbanne	Ils marchèrent vers St Urbain
Peur la charrau d'ou St Gimard	Par le chemin de St Gimard
Ritou bé content disait de temps en temps	Ritou, bien content, disait de temps en temps
T'chou cliochaïe la bas qui parote	Ce clocher,qui parait là bas
Entremi t'ché barges de fouann	Entre ces deux meules de foin
T'ché poï Béovoir, yo cro poête	Ce n'est pas Beauvoir, je ne le crois pas
Y pari bé qu'ché St Urbanne	Je parie que c'est bien Saint Urbain
Le marchirant tote la journaïe	Ils marchèrent toute la journée
Pi au sor le furant s'échouaïe	Et au soir, ils'échouèrent
Au bord d'ine dou ou mitant d'un praïe	Au bord d'un canal au milieu d'un pré
Entre le viu cerne et praire	Entre le vieux frêne et ….
Ritou bé chagranne	Ritou, bien chagriné
Dit à son vosanne	Dit à son voisin
Ce qui m'fait tot même bé d'la pene	Ce qui me fait quand même bien de la peine
Y nous avons trompé d' chemanne	Nous nous sommes trompés de chemin
Me v'la passé la soixantaine	Me voilà passé la soixantaine
Pi y verrais jamais st Urbanne	Et je ne verrai jamais Saint Urbain

FIN

Table des chapitres

Page	3	Avant Propos
Page	9	Novembre 2019
Page	13	Landevieille
Page	19	Nos parents
Page	25	Le Moulin des Grèves
Page	31	Notre Dame des Grèves
Page	41	Tous les jours – à la maison
Page	57	Tous les jours - Activités de nos parents
Page	69	L'économie – la récupération
Page	81	Tous les jours – nos activités
Page	89	Tous les jours – les jeux
Page	99	Les déplacements
Page	109	La Trévillère - Brétignolles
Page	123	La Nizandière – Brem sur mer
Page	139	L'école
Page	161	L'église – la religion
Page	185	Notre Dame de la Tourtelière
Page	219	Après - propos
Page	221	Annexe, la chanson de Saint Urbain

Remerciements

à ma femme, Cosette, qui a mis ses talents d'enseignante et sa patience à me relire et me faire améliorer l'écriture de ces souvenirs,

à mes instituteurs de l'école primaire de Landevieille, Monsieur et Madame Neau,

Source des illustrations :

Page 14 : photo aérienne Landevieille:document CAUE de la Vendée,

Page 110 : la quichenotte : Wikipédia

Pages 43, 140, 158, 161, 162, 181 : photographies et plans extraits de « Landevieille, son histoire », document publié en 2000 par la Mairie de Landevieille,

Page 188 : Vue aérienne de La Tourtelière : site internet www.lyceelatourteliere.fr.

Les autres photos et illustrations sont des documents personnels.